KB104120

그때 우리는

故 김창호, 김주현, 김미나, 손청미, 강공임 추모문집

강성열, 고혜정, 김경숙, 김선민, 김승민, 김용석, 김종옥, 김주섭, 김주열, 김준희, 김창호, 김태헌, 류상선, 류성환, 류요한, 류행열, 명 훈, 문경돈, 박신희, 박일남, 박장수, 박진영, 백명기, 서동욱, 서혜정, 양영주, 오석희, 이명석, 이성정, 이연희, 이옥란, 이원근, 이정훈, 이주화, 전영미, 정병진, 정순덕, 정영석, 정회열, 조용희, 최태용, 하동안 공저(共著)

들어가는 말

우린 창문을 통해 세상을 봅니다. 세상만이 아닙니다. 하늘을 보고, 지나가는 구름을 보고, 지나가는 사람들을 보고, 지나가면서 엄마 치맛자락을 붙잡고 응석을 부리는 아이들을 봅니다. 창밖 나무 한 그루에서 새싹 돋는 봄을 보고, 뜨거운 여름과 가을 단풍을, 또 추운 겨울을 보기도 합니다. 울기도 하고 웃기도 합니다.

그 창문을 통해 지나가는 아이를 보면서 우리 어린 시절을 보기도 하고, 젊은 엄마를 보면서 우리 엄마의 젊은 시절을 떠올리기도 합니다. 하나님의 길을 막았던 세력에 대한 분노로 들끓던 청춘 시절이 보이기도 하고, 고단했던 40대 우리 중년의 시간이 보이기도 합니다.

20대에 대학에서 만났던 우리가 30여 년이 지나 다시 만났습니다. 만나서 20대의 뜨거웠던 1990년대를 다시 떠올려 보았습니다. 이 회고를 위해서는 지난날들을 보게 했던 '창문'이 필요하였습니다. 그 창문이 이제는 하나님나라로 거처를 옮긴 우리 친구 김창호 목사였습니다. 창호라는 외로운 창문으로 몇 사람이 20대 우리 뜨거웠던 청춘을 소환하였습니다. 그 소식이 전해지면서 20대 때 서로 손을 잡았던 많은 이가 창호라는 창문 곁에 모여 20대 시절을 다시 보았습니다. 그 뜨거웠던 청춘의 시간을 돌아보며 지금의 삶을 추스르게 되었습니다. 창호는 창문이었습니다.

창호라는 창문으로 보다가, 또 다른 창문들이 보이기 시작하였습니다. 이 창문들은 1990년대를 함께 격정적으로 살았지만, 먼저 하나님 나라로 그 거처를 옮긴 우리의 친구들입니다. 그 창문의 이름들은 다음과 같습니다. 주현, 청미, 공임, 미나 등…. (혹여 여기에 빠진 또 다른 잊힌 창문이 있다면 미안한 마음을 전합니다. 기억하지 못하는 것이 아니라, 소식이 닿지 않을 만큼 세월이 흐른 것입니다.)

위 이름의 창문들과 여기에 그들에 대한 기록과 청춘의 기록을 남긴 우리들은 모두 그 때 '호남신학대학교'를 다녔습니다. 그때 우리는 젊었고 책과 세상을 통해 하나님을 알아가려고 힘썼습니다. 우리가 고백한 하나님은 정의의 하나님이셨습니다. 그 하나님을 알았기에 불의한 현실에 대해 분노하며 몸을 던져 싸웠습니다. 이제 세월이 흐르고 그 분노의 열매들이 너무 붉어져 떨어져 갈 때쯤에 이르렀습니다. 곧 우리들도 하나님을 만날만한 나이가 되었습니다. 청년 시절 하나님을 알 때에는 분노와 뜨거움이 있었습니다. 하지만 하나님을 만날 만한 장년이 되자 실은 '사랑' 밖에는 아무 것도 없었습니다.

그런 분노와 사랑의 기록을 여기 담았습니다. 삶은 기록입니다. 기록하지 않은 삶은 다 사라집니다. 먼저 간 친구들이 마치 없었던 사람처럼 잊힌다는 사실은 우리 청춘이 사라지는 것과 마찬가지로 아쉽기 그지없는 일입니다. 그러기에 그들을 추억하며 동시에 우리 젊은 시절을 추억하는 글을 모아 책으로 펼쳐 놓습니다.

추모 글을 써 주신 사랑하고 존경하는 세 교수님께 깊이 감사를 드립니다. 세 분 말고도 여기에 미처 글을 싣지는 못하셨지만 그 시절, 거칠었던 우리들을 그냥 받아주시고 든든한 버팀목 역할을 하셨던 교수님들이 계십니다. 그 모든 분께 머리 숙여 감사의 마음을 전합니다. 또한 바쁜 가운데도 귀한 원고를 보내 준 모든 친구들에게 감사하고, 여기 등장하는 모든 친구들에게 사랑의 마음을 전합니다. 마음은 간절하였으나 여러 사정으로 여기에 글을 싣지 못한 친구들도 감사합니다. 그들은 원고는 아니지만 다른 여러 형태로 그 우정을 표해 주었습니다.

무엇보다 삶의 '창문'이 되어 우리 청춘을 소환한 하나님 나라 친구들에게도 감사의 마음을 보냅니다. 빠진 부분들, 빠진 사람들이 분명 있을 것입니다. 그들도 소중한 존재들이었음을 고백하며, 편집부의 실수를 가을처럼 품어주시고 양해해 주시기를 바랄 뿐입니다. 또한 혹여 유족들 중에 이 책을 보시고 마음이 언짢은 내용이 있다면 너그러이 양해하고 용서해 주시기를 바랍니다. 너무 오랜 세월이 흘러 우리 기억이 일부 사실과 다를 수 있습니다.

부디 이 문집을 읽는 모든 이에게 늘 행복이 깃들기를 기원합니다. 먼저 떠난 벗들이 못다 이룬 꿈은 남은 저희가 미력하나마 이어가도록 힘쓰겠습니다.

2022. 8월, 편집위원회

차례

故 김창호 목사

(1969. 3 ~ 2022. 7. 7)

먼저 세상 떠난 제자들의 꿈을 그리며

강성열 교수(호남신대 구약학)

세상이 참 빠른 속도로 변해간다. 호남신학대학교에서 강의를 시작한 지 벌써 37년이 다 되어가니 하는 말이다. 장신대 대학원 석사 1학기를 마치고 2학기를 막 시작하려던 1985년 9월부터 강의를 시작했으니 참으로 많은 시간이 흘렀다. 아무것도 모르던 풋내기 강사로 강의 노트 만들어가면서 대학원 공부(발제)를 병행했던 그 시기가 어쩌면 내 생애 가장 바쁘고 치열하게 살았던 때가 아닌가 한다. 매주 고속버스로 광주와 서울을 오가던 중에, 호신 수업 준비와 대학원 발표 준비를 하느라 눈을 상해 가면서까지 버스 안에서 수없이 많은 책들을 읽었던 기억이 지금도 새롭다.

대학원 석사를 마치고 1987년 9월부터 전임강사로 발령받아 본격적으로 수업을 시작했으니, 이 추모문집에 나오는 글쓴이들이나 그들이 추모하는 선후배 동료들은 대부분이 그 어간에 호신 공동체에서 함께 공부했던 제자들이었을 것이라 생각한다. 세월이 많이 흘러 얼굴도 이름도 가물가물해졌지만, 그들이 당시에 창립되었거나 부지런히 활동했던 갈멜문화선교단(=갈문선)이나 성서와실천연구회(=성실연) 동아리에 속한 제자들이었다는 기억도 비교적 많이 남아 있는 편이다. 비슷한 성격의 두 동아리인 기독교문화선교회(=기문선)나 농민

목회선교회(=농선)와 관련된 기억도 조금은 남아 있다.

그러나 무엇보다도 당시에 다년간 갈문선 지도교수로 활동했던 터라, 갈문선에 대한 기억이 가장 새롭다. 특히 학내외의 주요 행사 때마다 가장 소리가 우렁찬 상쇠(꽹과리)를 연주하면서 갈문선의 풍물패를 이끌던 김창호 목사의 얼굴은 지금도 잊혀지지 않은 채로 남아 있다. 얼마 전 추모문집 발간의 건으로 여수의 정병진 목사가 전화했을 때에도 김창호 목사의 얼굴과 풍채를 거의 정확하게 알아맞힌 걸 보면 그 점이 확실하다. 그뿐이 아니다. 그 비슷한 시기에 학생처장 보직을 맡고 있었기에, 1992년 6월 민자당 중앙당사를 점거 농성하다가 체포되어 투옥된 김승민 전도사를 면회하러 갔던 기억도 새삼스럽다.

추모문집 건으로 호남신학대학교에서 보냈던 젊은 시절을 다시금 회고하면서, 잊혀질 뻔했던 과거를 소환하는 중에 당시의 제자들을 기억에 되살리다 보니, 과거를 추적하는 일이 일견 힘들어 보이긴 하지만, 다른 한편으로는 반가운 느낌이 들기도 한다. 때때로 과거를 되돌아보는 일이야말로 바람직한 현재와 미래를 열어가는 데 꼭 필요한 자양분이 될 수도 있기 때문이다. 무엇보다도 80년대 말과 90년대 초의 다분히 혼란스러웠던 정세가 당시의 지식인들이나 신학생들로 하여금 인간의 생명과 정의를 소중히 여기는 세상을 꿈꾸게 했고, 실제로 호신 공동체 안에도 하나님이 요구하시는 그러한 정체성을 분명하게 가지고서 살아가고자 하던 제자들이 적지 않았던 것이 과거 소환의 즐거움 중 하나일 것이다.

사실이 그렇다. 비록 그 시대가 70년대 말기의 유신 체제에 비하면 많이 좋아지긴 했지만, 여전히 유신 체제를 잇는 군부 통치의 그늘(전두환, 1980년 8월 27일 ~ 1988년 2월 24일/ 노태우, 1988년 2월 25일 ~ 1993년 2월 24일)에서 벗어나지 못한 상태였기에, 여전히 많은 사람들이 우리나라의 어두운 현실을 가슴 아파하면서 사람의 생명과 권리를 소중히 여기는 사회가 건설되기를 바라는 마음으로 생명과 평화를 추구하는 민주화 운동에 헌신했었다. 그들은 가슴 속에 생명과 정의의 불씨를 간직한 채로, 자신을 한 알의 썩은 밀알로 드려 세상을 변화시키고자 하는 소박한 꿈을 가지고서 세상에 헌신한 참으로 귀한 사람들이었다.

1980년대 말과 90년대 초를 살아가던 호신 공동체의 식구들 중에도 그런 사람들이 있었다. 갈문선을 비롯하여 성격이 비슷한 여타 동아리에 속한 제자들이 그랬다. 그들은 생명, 정의, 평화를 갈구하는 마음으로 우리 주변의 고통당하는 사회적 약자들의 삶에 많은 관심을 기울였으며, 성서 연구와 실천을 통하여 또는 전통문화를 매개로 하는 바람직한 기독교 문화의 확립을 통하여 하나님의 사랑과 정의가 이 땅에 실현되도록 하는 일에도 많은 관심을 쏟았다. 시간이 날 때마다 함께 모여 열심히 공부했고, 또 열심히 모여 생각을 공유했으며, 때로는 섬기는 교회와 세상 속에서 주님 원하시는 일을 통해 하늘 아버지께 영광을 돌리고자 했다.

그래서일까? 이 무렵에 그런 생각을 가지고 살아가던 학생들 중에 세상을 일찍 떠난 제자들이 상대적으로 많은 편이다. 부족하나마 우리 위해 생명의 불꽃을 아낌없이 태우고 가셨던 예수님처럼 살려고 노력해서인지, 그들의 삶이 늦게까지 꽃을 피워보지 못한 채로 일찍 스러진 것은 아닌가 하는 생각이 불현듯 들었다. 그러고 보면 여전히 아등바등하면서 세상을 호기롭게 살아가려고 애쓰는 우리 자신이 부끄러워질 때도 있다. 그러면서도 다른 한편으로는 그들의 귀한 생명이 지금껏 이어져서 세상이 조금씩 변하는 모습을 보았으면 얼마나 좋았을까 하는 안타까운 마음도 한켠에 남아 있다.

이제 금방 결실의 계절 가을로 접어들게 되고 조금만 더 있으면 2022년도 역사의 뒤켠으로 사라져갈 것이다. 그러기 전에 우리보다 세상을 먼저 뜬 친구들과 제자들을 생각하면서, 많은 사람들의 고귀한 희생에 힘입어 새롭게 변화된 세계를 살고 있는 우리는, 다시금 이 땅에서 희망과 생명과 정의가 위협당하고 있는 것은 아닌가 하는 의구심을 접지 못한 채로, 먼저 간 친구들과 제자들이 꿈꿨던 희망과 생명과 정의의 세계가 이 땅에 견고하게 뿌리내리도록 하는 데 최선을 다해야 할 것이다. 그리하여 마침내는 그들처럼 우리도 세상을 떠나는 날, 주님 기뻐하시는 모습으로 자신의 삶 전체를 주님께 귀한 선물로 드려야 하지 않겠는가!

김창호 목사를 생각하며

유행열 교수(호남신대 명예, 구약학)

신학대학에서 꽤 많은 세월을 보낸 한 사람으로서 지난 시간들을 회상해 보니 수많은 일들이 스쳐간다. 보람된 일도 있었고 아쉬운 일도 있어 모두가 아련한 느낌으로 지나갔다.

열악한 교육환경에서도 알찬 성과를 얻고 좋은 모습으로 떠나간 제자들을 생각하면 자랑스럽고 보람도 느낀다. 지금도 다양한 현장에서 자신들의 임무를 잘 이루어가는 제자들의 소식을 들을 때마다 주님께 감사드린다.

반면 안타까운 일들로 어려움을 겪는 제자들의 소식은 무거운 책임감마저 든다. 무슨 방법이라도 있다면 도우련만 그렇지 못해 그저 기도로 간구하며 지나갈 뿐이다.

우리 김창호 목사는 학교생활을 차분하게 한 사람 가운데 하나이다. 그러면서도 수동적인 학창생활이 아니라 시대적 상황에 나름대로 응하려는 모습을 보여준 사람이었다. 신학과 문화, 성서와 상황에서 시야를 넓혀 '갈문선' 등 동아리를 통해 재미있게 활동하며 현실에 응하는 사람이었다.

신학도의 생활은 빡빡하여 그다지 여유부릴 틈이 없다. 그래도 김

목사는 학창생활을 의미 있게 지내려는 생각에서 동료 및 선후배들과 머리를 맞대고 젊음의 고민과 시대적 아픔을 나름대로 표현하고자한 사람이었다. 워낙 조용하게 학교생활을 해서 개인적으로 직접 대화는 못했지만 그의 태도는 외유내강의 강인한 모습으로 기억한다.

지도하는 선생의 입장에서 보면 한 사람 한 사람과 만나 개인적인 대화를 나누지 못한 것이 지난 뒤 아쉬움이라고 고백하지 않을 수 없다.

김 목사는 호신 학부를 꽤 늦게 졸업한 뒤 한신대 신대원을 거쳐 기독교장로회에서 목사 안수를 받았다. 그 뒤 경기권에서 활동한다는 소리는 들었지만 구체적인 상황은 알 수 없었다. 그런데 근자에 김 목사가 투병 중에 있고 특히 노모와 어려운 환경에 처해 있다는 안타까운 소식이 들려왔다. 더욱이 지병을 가지고 홀로 지낸다니 참으로 고단하겠다고 짐작했다.

그 이후에 그가 별세했다는 소식을 들었을 때는 충격이었고 망연자실 할 수밖에 없었다. 그래도 젊은 나이기에 잘 버티며 극복하리라 믿었는데 그렇게 쉽게 스러질 줄은 몰랐다. 삶은 마음대로 되는 것이 많지 않지만 김 목사의 소천 소식에는 안타까움뿐이었다. 홀로 되신 어머니는 어떻게 하라고 그리 쉬이 떠났는가하는 비통함은 오래오래 내 가슴에 남아 있다.

그 어머니의 상심을 생각하며 더욱 마음이 아팠다. 하나님께서 착한 사람을 먼저 부르시는지는 모르지만 참 좋은 젊은 목사를 일찍 데려가시니 우리로서는 마음을 둘 곳이 없다. 감히 하나님의 뜻을 알 수는 없지만 합력선의 말씀을 신뢰하며 겸손히 엎드릴 뿐이다. 김 목사가 하나님 나라에서 복을 누리기를 빌며 아울러 어머님에게 하나님의 특별한 사랑과 은총이 평생에 있기를 기도한다.

김창호 목사님, 부디 이 땅에서 못다 펼친 꿈을 주의 품안에서 곱게 피어 환하게 우리 만나 옛 정을 다시 이어가기를 바랍니다.

유행열 목사 삼가 안타까움으로 적어 봅니다.

신앙인의 삶과 죽음

하동안(호남신학대학교 명예교수)

김창호 목사의 부음을 전해 듣고 '이렇게 죽음이 우리 가까이에 있나?'라는 생각이 들었다. 예수 그리스도를 구주로 신앙고백하는 신앙인으로서 신앙과 함께 죽음을 성찰함은 마땅한 일이다. 하지만 지금까지 죽음이 멀리 있다고 생각했던 것은 사실이다.

사실 삶과 죽음은 긴밀한 변증법적 관계가 있다. 죽음을 생각하지 않는 삶은 있을 수 없다. 우리가 죽음을 의식하면 티끌과 같은 허무함과 비존재를 느끼고 인식한다. 의식하지 않더라도 불안이 잠재한다. 여기서 우리는 비존재와 불안을 이기는 신앙을 전제하며 부활 신앙을 고백하게 된다.

신앙과 부활은 절대 허무를 극복하고 불안을 이길 수 있다. 부활 신앙을 고백하는 것은 죽음을 이기고 초월하는 길이다. 죽음은 모든 존재의 마지막이요, 유한자로서 인간의 절대 허무이다. 그러나 성경 속의 그리스도 예수는 죽음을 '잔다'라고 말씀하시고 죽은 자들을 살리셨다.

12살인 회당장의 죽은 딸을 살리셨다(마 9:24, 막 5:39~42, 눅 8:52~55). 죽은 나사로도 무덤에 가서 살리셨다. 슬픔과 원망 속에 쌓인 누이동생 마리아와 마르다에게 "나는 부활이요 생명이니 나를 믿는 자는 죽어도 살겠고 무릇 살아서 나를 믿는 자는 영원히 죽지 아니하리라" 말씀하셨다(요11:25).

잔다는 것은 안식이며 다시 깨어날 수 있는 것이다. 잠시 쉬는 것이다. 쉰다는 것은 일하는 것과, 잠자는 것은 깨어남과 대비된다. 죽음은 잠시이고 변화를 이끄는 새 세상으로 전이되는 것이며 새 하늘과 새 땅으로 인도하는 통로이다.

예수님은 죽음을 '잔다'라고 인식하셨다. 우리도 예수 그리스도를 구주로 고백하고 신앙생활을 영위하면 참 하나님과 그가 보내신 예수 그리스도를 아는 영생을 체험하게 된다(요 17:3).

호신 동아리에서 시작하여 30여년 이어온 옛 신앙 동지들 가운데 몇몇 신우들의 죽음을 맞아 그들을 추모하는 문집을 만든다는 소식을 들었다. 아무쪼록 우리의 신앙생활을 조명하고 앞으로 우리 삶과 목회 생활을 전망하고 귀한 열매를 맺는 계기가 되기를 바란다.

내가 하는 일을 보라

故 김창호 목사 설교

"내 백성을 보내라"는 말은 모세가 한 말입니다. 하나님이 모세를 통해 주신 말이지요. 출애굽기 5장은 노동 현장의 착취와 억압을 여실히 보여줍니다. 모세와 아론이 바로에게 "내 백성을 보내라"고 요구하자 바로가 "주가 누구냐?"며 코웃음을 칩니다. 바로는 세 가지 방법으로 히브리 노예들을 조여 짜는 나사를 조이기 시작했습니다.

첫째는 짚을 주지 않은 채 벽돌 생산량을 채우라는 것입니다 피라미드 벽화 그림에는 노예들이 진흙을 빚어 벽돌을 해 아래 말린 뒤 건축현장으로 옮기는 그림이 있습니다. 그런데 건축현장에 필요한 벽돌 수를 맞추기 위해서는 짚을 구하러 찾아다니는 별도의 수고가 필요했습니다.

두 번째는 원만한 명령체계를 세운 것입니다. 즉 최상위층의 명령을 바로가 내리고 그 아래 이집트 감독관이 있고 그 아래 히브리 작업반장이 노예들을 직접 독려하도록 한 것입니다 일사불란한 군사조직 같은 것이며 이런 명령 체계를 통해 각자가 책임을 지도록 한 것입니다. 그러기에 일일 할당량이 채워지지 않았을 경우에는 작업반

장들이 매를 맞아야 하였습니다.

세 번째는 히브리 사람들끼리 서로 불평하며 책임을 전가토록 한 것입니다. 이스라엘 백성들은 작업반장에게 불평하고 작업반장은 모세와 아론에게 불평하여 그들끼리 서로 싸우도록 하였습니다. 바로의 이 같은 체제는 요즘 우리 주변에서 강압적인 통치 방법으로 사용되고 있습니다. 성서학자 브루거만은 현대 사회의 산업구조에 대해 "생산성 향상을 위한 벽돌공장"이라고 하였습니다.

생산성 향상, 더 많은 벽돌을 목표로 몰아붙이는 구조 속에는 새로운 미래가 있을 수 없습니다. 이윤 추구라는 경제체제 속에는 개인의 자유가 있을 수 없습니다. 공동체가 예배드리러 간다는 구실이 먹혀들 수 없습니다. 좋은 대학, 높은 점수....만을 이야기하는 곳에 새로운 미래가 있을 수 없습니다.

모세와 아론이 외친 것은 '내 백성을 내보라'입니다. 이것은 벽돌공장에 새로운 탈출구를 제시한 것입니다. 절망 대신 희망이 보였습니다. 이 구호는 '바로 왕 대 모세의 사건' 그 다음으로 그것은 '야웨 곧 자유의 하나님 대 이집트 신들의 사건'으로 발전하였습니다.

"내 백성을 가게 하라" 대 "더 많은 벽돌을 만들라"의 싸움이 시작된 것입니다. 이스라엘의 불평 앞에, 모세의 불평에 주님의 답변은 단도직입적인 "이제 내가 바로에게 하는 일을 보라"입니다. 구차한

설명이 필요 없습니다.

바로는 그가 "야웨가 누구인지를 모른다"고 했습니다. 이제 그는 야웨가 누구이신지를 알게 된 것입니다. 삼일절을 맞이하여 국제화 시대에 새삼스럽게 반일 감정을 부추길 설교를 하는 것이 아닙니다. 이스라엘 백성들은 바로의 폭압 중에 야웨의 개입으로 자유와 예배를 찾았습니다.

이 이야기를 통해 식민 통치 아래 고통 받던 우리 민족을 구원하신 하나님의 능력을 생각해 보십시다. 우리 주변에 우리를 억압하는 것이 무엇인지, 야웨가 무엇인지 아는 것 보다 더 많은 세속적 가치를 추구하는 것은 아닌지 살펴보십시다.

"내가 바로에게 하는 일을 네가 보리라"라고 말씀하시는 그 분이 "내 백성을 보내라"라고 했을 때 우리 역시 담대히 그의 부름에 응답해야 합니다.

주께서 인도하신 내 삶의 한자리를 찾아가며...

故 김창호 목사 자기 소개서

한 번도 뒤돌아보거나 멀리 떠돌아 보지는 않았습니다. 하지만 신학을 시작한지 어느덧 17년이라는 시간이 지나 버렸습니다. 세상 경험을 오래하다가 신학으로 돌아온 다른 사람들과 비교하면 많은 나이는 아닙니다. 하나 그동안 함께 비젼과 소망을 이야기하던 동지들과 후배들이 벌써 자신의 자리를 찾아 떠났습니다. 이것을 생각할 때 사실 너무도 오래 머물고 있지는 않는지 하는 생각이 들기도 합니다.

내 신앙은 처음 어머니의 품에 안기 채 시작되었습니다. 이제는 한 사람의 신앙인이라는 이름에서 하나의 말씀을 붙잡고 살아가고 세상에 전해야하는 일꾼으로서의 삶의 자리로 옮겨가는 중입니다. 이를 생각할 때 하나님의 크신 사랑과 놀라운 계획 앞에 감사와 찬양을 돌리지 않을 수 없음을 고백합니다.

남들처럼 목회자이거나 장로님의 가정은 아니었습니다. 나는 1969년 신앙이 없는 아버지와 어릴 적부터 교회에 다니셨던 어머니 사이에서 태어났습니다. 이러한 집안 분위기 때문일 수도 있겠지만 어린 시절 교회생활은 나에게 어떠한 특별한 고백이나 의미를 부여하지는 못하였습니다. 오히려 어머니와 함께 따라 나섰던 구역예배시간이 나에게는 왠지 모를 기쁨과 신앙적 삶의 기준을 제공하였습니다.

지금의 모교회인 광주 가나안교회는 내가 고등학교 2학년 무렵에 나가기 시작한 교회입니다. 가나안 교회가 개척을 한지 1년이 채 되지 않은 때였습니다. 당시 나는 하나님의 존재에 대한 깊은 신앙적 고민을 하던 중이었습니다. 이런 때에 가나안교회로 인도하신 하나님의 계획으로 말미암아 전혀 계획하지 않았던 인생의 전환점을 맞았습니다.

오랜 시간 동안 나는 하나님과 사실 씨름하고 있었습니다. “하나님! 하나님 나의 하나님, 정녕 당신이 존재하십니까? 당신 나를 사랑한다면 당신은 어떻게 나를 사랑하고 계시고 나를 어떻게 이끌고 계신가요?” 이러한 질문 앞에 하나님은 침묵으로 대답하셨습니다. 하나님께서는 가나안교회를 통하여 이러한 나의 하나님을 향한 우매한 신앙적 도전에 하나님을 만나는, 그분의 음성을 듣는 놀라운 체험으로 찾아오셨습니다. 이때의 체험은 그동안의 나의 모든 헛된 질문을 닫으시고 앞으로 내가 살아가야할 삶의 방향을 분명하게 가리키는 계기가 되었습니다.

나의 하나님은 나를 죽을병에서 기적적으로 치유해 주시는 놀라운 일을 행하지 않으셨습니다. 그분은 나에게 미래를 볼 수 있는 예언의 은사를 주지 않으셨습니다. 그러나 그분은 “날 사랑한다고 날 잊지 않고 지켜보고 계셨다”고 말씀하심으로 내가 평생을 그분을 믿고 따를 충분한 이유를 제공하셨습니다. 내가 그를 사랑하기 이전에 이미 그분은 나를 사랑하고 계셨습니다. 지금도 그분의 한량없는 사랑을 받고 있는 내가 "무엇을 해야 할 것인가?"라는 질문은 이제는 어쩌면 아무런 의미가 없을지도 모릅니다. 무엇이든지 언제까지든지 내 생명이 다하는 그 순간까지 하나님의 말씀을 붙잡고 당신의 몸된 교회를 섬기고자 합니다. 또한 이 땅의 하나님 나라가 이뤄질 그 날을 예비하고 준비하는 것이 내 평생의 사명입니다.

1987년 신학을 시작하면서 모(母)교회 가나안교회에서 교사로 첫 봉사를 시작하였습니다. 기청 전국문화선교 위원회 일을 하는 동안은 마지막 전국 기청대회를 했던 95년까지 9차를 준비하고 함께 하였습니다. 이는 80년대를 마감하는 이 땅의 젊은 기독청년의 삶에 대한 진지한 고민과 문화선교라는 선교적 과제에 대한 문제제기를 안고 살아가는 계기가 되었습니다.

1995년 군에서 제대한 뒤 모교회였던 가나안교회에서 교육전도사와 전임전도사로 3년이 조금 못되는 시간을 봉사하면서 현장교회에서의 목회 체험하였습니다. 1998년 부족한 신학공부를 마무리하고, 신학을 시작하면서 고민했던 문화선교에 대한 본격적 준비와 목회적 비젼을 만들기 위해 대학원을 진학하였습니다. 교회봉사와 대학원에서 신학과 학생회장직을 맡으면서 문화선교에 대한 보다 구체적 접근이 필요함을 느끼고 인터넷이라는 문화현상에 관심 갖게 되었습니다.

2000년 현재 봉사 중인 수원교회에서 고등부 전도사를 맡으면서 정보화 사회에서의 선교에 대한 논문을 썼고 학교와 노회, 그리고 총회와 함께 노회 홈페이지 제작 사업은 2004년 2월 시작하였습니다.

우리는 21세기 새로운 시대에 변화를 이야기 하지만 실제적인 준비는 너무도 부족합니다. 인터넷이라는 문화현상에 대한 순기능과 역기능에 대해서는 많이들 이야기 하지만 제대로 활용하는 모습 또한 발견하기 어렵습니다. 기장은 60년대를 거처 80년대까지 신학의 진보성을 자랑하였습니다. 그러던 우리 기장의 모습을 정보선교라는 선교 문화적 영역의 활발한 개발을 통해 하나님의 선교를 보다 효과적으로 수행할 수 있기를 바라는 것인 개인적인 소망입니다. 노회 홈페이지 사업은 이러한 교단의 정보사업과 새로운 선교정책을 수행하는 밑거름이 되기를 소망하며 개인적이기는 할지라도 나름의 비젼을 품고 있습니다.

앞서 문화적 접근으로서의 정보선교에 대한 목회적 비젼을 말하기는 했지만 이것이 나의 목회적 비젼이라고 말할 수는 없습니다. 한국기독교장로회의 21세기 선교의 비젼을 만들기 위해 정보선교의 뜻을 세우고 교단의 노회 홈페이지 사업을 추진하고, 다양한 문화 컨텐츠 사업을 통해 기장의 새로운 문화선교의 비젼을 제시할지라도 그것은 나의 목회적 비젼이 아닙니다. 지금 이 순간 내게 달란트를 주시고 당신의 나라를 세우시기 위해 나를 쓰시는 하나님의 한량없는 은혜의 역사일 뿐입니다.

창세기 50장에 요셉은 이렇게 이야기 합니다 "당신들은 나를 해하려 하였으나 하나님 그것은 선으로 바꾸사 오늘과 같이 만민의 생명을 구원하게 하시려 하셨나니"(창 50:20)라 기록합니다. 여호와께서 집을 세우시지 않으면 세우는 자의 수고가 헛됨을 나는 믿습니다!(시 127) 내 평생에 목회적 비젼이 있다면 그것은 주께서 가라 명하시면 소돔 같은 거리라도 때를 얻든지 못 얻든지, 내 평생에 선하심과 인자하심 정녕 나를 따르리니 내가 여호와의 집에 영원히 거하리라는 서원을 하리라는 것입니다. 세상이 말하는 일반적인 페러다임의 전환을 나는 말하지 않습니다.

하나님께서 당신의 백성들과 당신의 피조 세상을 변화시키기 위해 나를 택하시고 나로 하여금 이들의 페러다임을 바꾸어 놓기를 원하고 계시다고 믿습니다. 신학을 공부하면서 많은 가르침을 주셨던 교수님들의 가르침을 기억합니다. 또한 섬기는 교회의 목사님들 그리고 동역자들과 함께 하나님께서 내게 명하신 그 사명을 감당할 수 있기를 기도합니다. 나를 통해 역사하길 원하시는 하나님의 충성된 일꾼이 되기를 항상 기도합니다. 하나님의 몸된 교회를 섬기고 하나님이 자녀된 교인을 사랑하는 목회자가 될 수 있기를 간절히 원합니다. 내게 능력주시는 분의 뜻 안에서 교단과 교회와 민족을 위해 부족한 나의 재능이 쓰임 받을 수 있기를 소망합니다.

[추모사] 2022. 7. 9

보고 싶은 창호에게

최태용 목사(87, 우간다선교사)

1. 촌놈 창호.

창호야 너를 떠나보내야 하는 이 시간 너를 어떻게 부를까? 이런 저런 고민을 하다 촌놈 창호라고 부르기로 했단다. 1987년 3월 호신대 교정에서 너를 처음 만났을 때 어떤 느낌이었는지 아니? 나도 어리벙벙 촌놈이지만 나보다 더 심각한 촌놈이 하나 있어서 얼마나 위로를 받았는지 모른단다.

얼굴은 얼마나 시커먼지, 씻어도 씻어도 벗겨지지 않는 촌놈의 티, 옷은 맨날 단벌 신사였고, 전라도 진도의 구수한 사투리는 또 얼마나 심한지. 고물 자전거 한 대에 너의 도시락인 작은 가마솥을 싣고 그 높은 호신대 교정을 오르던 너의 모습이 아직도 선하구나. 촌놈으로 치자면 너와 난 호신대에서 1, 2 등을 다투었지.

촌놈 창호야, 모두가 세상의 얄팍한 이익을 쫓아서 살아가지만 끝까지 촌놈의 멋과 품위를 지켜주어서 고맙구나. 모두가 자본주의의 화려함을 쫓아가지만 끝까지 촌놈의 소박하고 순수한 마음을 지켜주어서 고맙구나. 사람을 향한 너의 그 순수하고, 따뜻한 마음이 많이 그립구나.

내가 아프리카에서 7년 만에 돌아와 투병 중인 너를 만났을 때, 너는 여러 번 수술하고 죽음과 싸우는 고통 가운데 있었다. 하지만 끝까지 촌놈의 부드러운 미소와 품위를 잃지 않았고 멀리서 돌아온 선교사 친구를 위로해 주었다. 고마웠어. 너의 그 순수하고 따뜻한 마음이 어제, 오늘 이렇게 많은 친구들을 불러 모아 너를 그리워하며 추모하고 있단다. 촌놈이라 불러서 화나지 않지?

2. 상쇠 창호

창호야 우리가 너의 쇳소리를 얼나마 좋아했는지 아니? 1987년 훈이, 옥란이, 성정이, 경화 등 87학번 친구들과 갈멜문화선교단을 만들고, 고요하고 귀신 나올 것 같았던 신학교 교정에서 그 신나는 사물놀이 소리를 울리고 퍼트렸던 우리 문화의 전도사. 우리의 영원한 상쇠잡이 창호. 학교 축제 때나 집회 때마다 늘 앞장서서 신명난 굿판을 벌였던 너의 모습에 우리도 신명으로 해방춤을 추었지.

오늘 천국으로 이사 가는 너의 장례식에 니가 상쇠를 잡고 훈이가 북을 치고, 옥란이와 경화가 장구를 치고, 먼저 하늘나라에 간 경상도 촌놈 주현이가 징을 치고 일남이와 내가 노래를 부르면서 신명난 사물놀이 한판을 벌여보고 싶구나. 이렇게 너의 노래와 장단이 우리 안에서 부활 되고 있음을 알려주고 싶구나.

우리 문화의 전도사답게 넌 늘 우리 문화와 기독교를 접목시키려 했었지. 처음으로 국악 찬송 "비나이나 비나이다 하나님께 비나이다"라는 곡을 만들고, 나에게 들려주며, 이 곡이 어떠냐고 물었지? 이제야 말하는데 내가 아직도 30여 년 전의 그 노래를 생생하게 기억하고 있으니 그 곡이 명곡이라고 말할 수 있겠다. 너의 그 쇳소리와 노랫소리가 우리 모두를 깨웠고, 혼란과 절망이 가득했던 이 세상을, 독재와 억압이 가득했던 이 세상을 바꾸는 소리가 되었던 것을 우린 믿고 있단다.

3. 목사 창호

창호야 너도 목사 안수를 받았지? 솔직히 말하면 왠지 너에겐 목사라는 호칭이 어울리지 않았단다. 호신대에서 학부를 10년 만에 마치고, 한신대에서 또 다른 10년을 공부하고 힘들게 목사 안수를 받았지. 그러나 늘 너의 고민은 본질적이었어. 교회를 섬기는 목사보다 가난한 자들을 섬기는 목사가 되고 싶다고, 늘 가난하고 소외된 공동체를 찾아다녔던 너의 모습이 눈에 선하구나.

소외된 아동들, 장애인들, 노인들, 힘없는 사람들을 섬기며 그것이 참 목회임을 자부했던 너의 모습이 우리에게 늘 도전을 주었던 것 같구나. 너의 그 목회 철학이 번영신학과 성장주의에 빠져있는 끊임없는 신화를 추구했던 우리시대 기독교에 잔잔한 도전을 주었던 것 같구나.

창호야.

54년의 고되었지만 행복했던 인생을 마치고 이제 그분에게로 돌아가는 너를 보면서 아쉬움과 미안함이 앞을 가리구나. 붙잡고 싶어도 붙잡을 수 없는 곳에 있는 니가 많이 그리울 것 같구나. 우리 모두 촌놈 창호의 따뜻한 마음을 이어받아 이 세상을 따뜻하게 만들도록 애써볼게. 상쇠잡이 창호의 그 신명을 이어 받아 너처럼 멋있고 신명나게 이 세상을 살아갈게. 목사 창호의 그 정신을 이어받아 가난한 자들의 친구가 되고, 끊임없이 새로운 것들에 도전하는 친구들이 되어볼게.

동생 호와 어머니는 너무 걱정하지 말거라. 호는 어제 우리들과 많은 사랑과 위로를 나누었고, "그대여 아무 걱정하지 말아요"를 부르며 형이 떠난 세상에서 형을 그리며, 당당하게 살아가리라 다짐했단다. 남겨둔 어머니도 오랫동안 너를 돌보며 너를 떠나보낼 준비를 많이 하신 것 같으니, 이곳은 걱정하지 말고, 그분의 품 안에서 우리를 지켜보며 평안히 안식하거라. 누가 다음으로 너를 따라갈지 모르겠으나, 하루가 천년 같고 천년이 하루 같은 우리의 삶을 마감하는 날 곧 너를 다시 만나리라 믿는다. 평안히 안식하여라.

어머니가 들려준 창호 형 성장기

이원근 목사(90, 광주하늘은혜교회)

천재 김창호

창호 형의 어릴 적 이야기들은 창호 형이 직접 한 것이 없습니다. 그래서 창호 형의 어머니에게 들은 내용으로 그의 어릴 적 이야기들을 구성해 보았습니다.

창호 형이 한국 나이로 3살이었던 크리스마스였다고 합니다. 당시 교회에서는 성탄절 이브 행사를 꼭 했습니다. 그때 창호 형은 또래답지 않게 성탄절 이브 행사에 참여하였습니다. 다른 또래 아이들은 말조차도 못할 때에 창호 형은 무대에서 요한복음 3장 16절 말씀을 암송하여 교회에 온 분들에게 사랑을 많이 받았다고 합니다. 그래서 어머니는 "그때 세 살이던 창호가 외웠던 말씀을 아직도 기억하고 계신다"고 하면서 요한복음 3장 16절을 외우셨습니다.

그뿐만 아니라 3살 때 이미 구구단을 9단까지 다 외웠답니다. 세 살 아이가 구구단을 외웠다고 하니 사람들이 찾아와 구구단을 무작위로 물어보는 일이 많았다고 합니다. "김일성이 솔잎으로 밥을 지었다"는 말처럼 거의 영웅시하는 말처럼 들릴 겁니다. 하지만 어머니는 창호 형이 "어릴 적부터 그 정도로 머리가 아주 좋았다"고 강조하십니다.

어머니는 그런 창호 형을 초등학교 때부터 학원에 다 보내셨다고 했습니다. 주산, 암산, 속독, 태권도, 타자 심지어 웅변학원까지 말입니다. 이런 종류의 학원을 다녔던 분이 계실지 모르겠습니다. 저 어릴 적에만 해도 학원 다니는 애들이 매우 드물었습니다. 그런데 소년 창호는 하루에 몇 군데씩 학원에 다니는 학생이었다고 합니다.

그 중에 속독학원에서 그는 책을 무척 잘 읽었답니다. 그래서 속독학원 원장은 여러 학교에 소년 창호를 데리고 다니면서 그의 속독실력을 보여주고 "속독학원에 다니라"고 홍보하였답니다. 우리 어릴 적 반공웅변대회나 6.25상기 웅변대회들이 많이 있었습니다. 소년 창호는 그런 웅변대회에 나가서 상을 휩쓸곤 하였답니다.

장학사의 칭찬

초등학교 시절에는 장학사들이 가끔 학교에 들르곤 하였습니다. 장학사들이 오면 교장실하고 교무실만 들렀다 가는 일도 있습니다. 하지만 어떤 때는 학교 반마다 돌아다니기도 하고 수업을 참관하기도 하였습니다. 어떤 때는 수업시간에 질문을 하는 일마저 있습니다. 그래서 장학사들이 오면 선생님들이 긴장하였고 혹시나 질문을 할까봐 앞자리에 공부 잘하는 아이들을 앉혀 놓곤 했습니다.

창호 형이 1학년일 무렵 장학사가 학교를 들렀습니다. 그는 각 교실을 돌아다니면서 수업시간에 질문을 하였답니다. 아마 그때 질문을 받은 학생들이 대답을 잘 하지 못하지 교장선생님이 애가 많이 탔나 봅니다. 장학사가 질문하기를 "우리는 누구의 자손입니까?"라고 묻자, 아무도 대답을 못하였습니다. 그 때 창호 학생이 손을 들고 "단군의 자손입니다"라 말했답니다. 그래서 장학사가 다시 "단군의 자손인 것을 어떻게 알지요?"라고 묻자, 그는 "노래에 나옵니다!"라고 답하였습니다. 이에 장학사는 "그 노래를 불러 볼 수 있느냐?"고 하자 창호 학생은 주저 없이 노래를 불렀답니다.

우리 초등학교 다닐 적에 배운 "서로 서로 도와가며"란 노래가 있습니다. 남총련(광주전남총학생회연합) 집회할 때 '우리의 소원' 대신 통일의 열망을 담아서 '아랫집 윗집 사이에 울타리는 있지만'으로 시작된 노래를 불렀던 기억이 납니다. 그 노래 가사 뒷부분은 "우리는 한겨레다 단군의 자손이다"입니다. 소년 창호는 그 노래를 알고 있어서 '단군의 자손'이란 대답을 하고 그 노래를 부른 걸로 보입니다.

어머니에 따르면 그때 장학사는 창호 학생 대답에 감동을 하였답니다. 그는 학교 교장선생님께 "크게 될 아이"라고 엄청 칭찬을 하셨답니다. 그래서 교장 선생님이 어머니께 전화를 해서 "창호가 학교를 살렸다"는 이야기를 하더랍니다.

중학교 때까지의 기억

창호 형은 초등학교와 중학교에 다닐 무렵까지만 해도 무척이나 활발하고 재능이 있는 학생이었답니다. IQ가 높아서 선생님들의 기대를 한 몸에 받았고 학교에서는 항상 1등을 놓치지 않았다고 합니다. 창호 형이 항상 1등을 하였고 창호 형에게 1등을 놓쳐 2등을 도맡아 하던 여학생이 있었답니다. 이 여학생은 아무리 기를 쓰고 공부를 해도 창호 형을 따라잡을 수가 없습니다. 그러자 어느 날 창호 형이 입고 있던 옷을 다 찢어 놓았답니다.

"오죽 따라잡기 힘들었으면 심술이 나서 그랬을까?" 하는 생각이 듭니다. 그러면서도 그 여학생 심정도 일면 이해갑니다. 그날 옷을 찢어버린 여자 아이의 어머니는 창호 형의 옷을 꿰매서 입혀 집으로 보냈다고 합니다. 그런 사실을 창호 형 어머니는 학교 선생님이 전화를 해서 알았다고 하네요.

중학교 시절까지 학교에서 줄곧 1등을 놓치지 않았기에 교장 선생님은 내심 기대를 많이 했답니다. 그런데 창호 형이 고등학교 진학을 앞두고 광주의 고등학교에 진학하겠다고 하자 학교에서는 많이 말렸다고 합니다. 창호 형 담임선생님은 교장 선생님께 불려가서 "저런 인재를 광주로 뺏기면 안 된다"면서 한 소리를 듣기까지 하였답니다.

고등학교의 아픔

창호 형은 광주 광덕고등학교로 진학했습니다. 그런데 아무래도 시골 진도에서 와서인지 학교에서 최상위권까지는 되지 못하고 10등 안에 항상 들었답니다. 담임선생님은 "시골 중학교에서 올라온 아이 치고는 공부를 잘 한다"며 "앞으로 조금만 노력하면 1등도 문제없다"고 하셨답니다.

창호 형 어머니는 창호 형이 편안하게 공부할 수 있도록 염주주공 아파트에 하숙집을 얻어줬습니다. 그래서 한 동안 하숙을 하면서 학교를 잘 다녔지요. 그런데 창호 형이 어머니나 동생 호에게 말을 굉장히 서운하게 합니다. 내가 가까이 있어봐서 잘 알지요. 창호 형 어머니는 그게 고등학교 때 발생한 사건 때문이라 기억합니다. 그전에는 매우 활발하고 어머니에게도 잘했는데 이 사건을 계기로 창호 형이 소극적이 되고 내성적이 되었다고 하네요.

창호 형이 광덕고 1학년일 때 체육대회가 열렸습니다. 그때 학교에서 힘을 좀 쓴다는 소위 말하는 '일진들'이 창호 형을 밀치는 짓을 하였습니다. 창호 형은 자기를 밀친 아이들에게 항의하였습니다. 그러자 그 중에 한 아이가 창호 형의 얼굴을 주먹으로 때렸습니다. 그때 창호 형의 이빨이 많이 망가졌답니다. 이 때문에 창호 형은 죽기 전까지 치아 때문에 고생을하였습니다. 심지어 임플란트를 일곱 개나 할 정도로 말입니다.

창호 형은 이빨이 부러진 뒤 마스크를 계속 쓰고 다녀야하였습니다. 그때부터 창호 형은 차츰 말수도 적어지고 소극적 성격으로 변하였다고 합니다. 아마도 학교에서 말하는 소위 왕따나 집단 괴롭힘을 당하지 않았을까 하는 생각을 해봅니다. 창호 형은 이 시기부터 어머니와도 자주 부딪혔다고 합니다. 어머니는 창호 형이 맞은 사실에 대해서 선생님을 통해서 들었다고 합니다. 군대에서 갈빗대가 금간 이야기조차도 모르고 계셨습니다.

창호 형은 고교시절 폭력 피해를 당한 뒤부터 부모님에게 손을 벌리지 않고자 하숙집을 정리하고 자취방으로 옮겼다고 합니다. 매달 들어가는 하숙비가 아까웠기 때문입니다. 그렇게 고등학교 생활을 하였다고 합니다.

자전거와 양복 (1)

(1)~(2) / 이주화(89, 프리랜서 미술치료사)

창호 형과 내가 가나안교회에 다닐 무렵이다. 당시 나는 호남신학대 89학번이라 교회에서도 학교에서도 드문드문 창호 형을 만났다. 그렇게 만나면 농담치기 기분을 살리는 디스질을 재미나게 주고받곤 하였다.

하루는 창호 형이 그 동안 보던 모습과 달리 하얀 반팔셔츠에 양복바지를 입고 자전거를 타고 학교에 왔다. 점심시간이 코앞이라 자전거 뒤에 솥인지 밥통인지를 꽁꽁 매달은 상태였다. 바지는 눈부시게(?) 흰 양말에 두툼하게 집어넣고 그야말로 말단 교육전도사의 정식 복장을 착용한 채였다.

멀리서 보나 가까이서 보나 창호 형이 틀림없었다. 창호 형에게 좀처럼 볼 수 없는 옷차림이지만 호신에서는 월요일과 금요일에 남학생들이 흔히 입던 '교복(?)' 같은 차림이었다.

창호 형을 만나는 순간, 장난기가 발동했다. 그날은 화요일이라 그 복장으로 교회 가는 날이 아니었다.

"형, 오늘 교회간가? 형네 교회는 화욜날 주일예배 본가? 이단교회냐? ㅋㅋ"

김창호는 그 널찍한 얼굴에 미소를 올리며..그냥, "히~~"
하는 정도였다.

나중에 안 사실이다. 그날의 창호 형 복장의 사정은 이러하였다. 모든 옷을 다 빨았고 신었던 양말까지 다 빨아버렸단다. 그래서 양말은 눈부시게 흰 새 양말이었고 어쩌다 입을 수 있어서 걸어 둔 여름 셔츠와 바지 차림을 하고 학교에 나타난 거였다.

창호 형은 그날 자전거에 매달고 온 솥을 들고 학교식당에 들어갔다. 아마도 태산(?) 만큼 밥을 타서 먹고 솥에 있는 밥도 사라졌을 것이다.

나는 장례 첫날 애써서 미리 울고 가서 울지 않으려고 하였다. 그런데 가나안교회 다녔고 기청활동을 창호 형과 함께 한 곽영걸 형을 보자마자 눈물이 왈칵 났다. 왠지 친정식구를 잃은 자리에서 친정오빠를 만난 거 같았다. 우리 다 괜찮은데 힘겹게 살다간 창호 형이 서러웠다. 기청(기독교청년회)가서 창호 형 만날 때 "교회 다닙시다!"하면서 입찬소리로 구박해도 아랑곳하지 않고 사정이 될 때만 간헐적으로 교회에 나왔던 그 시기가 그의 열정, 절정의 시기였던 걸로 기억한다.

꽃씨 심기와 양푼 비빔밥 (2)

나는 여름 채송화를 좋아한다. 꽃에도 얼굴이 있다는데 돌 틈이든 흙 틈이든 쨍쨍한 여름햇볕에도 내 할 일은 꽃피는 일 마냥 싹싹해서 그 꽃은 내 마음을 끌었다.

창호 형과 가나안 교회에 다니던 시절이다. 그 교회는 작은 마당에 돌로 가꿔진 화단이었다. 그 돌 틈 사이에 채송화 꽃씨를 심고 청년회가 화단을 정리하자는 계획을 세웠다. 연도는 기억에 없고 6.6일이었던 것 같다.

채송화를 좋아했던 나. 나의 큰 목소리 덕에 채송화를 색마다 심기로 하였다. 꽃씨 봉지에 나온 색을 보며 나중에 피어 날 꽃이 떠올라서 심는 내내 행복하였다. 처음부터 창호 형이 꽃씨 심기에 참여하기로 하진 않았다. 꽃씨 심기가 끝나갈 점심 무렵 창호 형이 꽃씨 심는다고 온다고 하였다.

꽃씨 심었던 청년들은 서로 마주 보며 크게 웃었다. 오늘도 우리가 아는 그 메뉴를 먹을 수 있었으니까. 지금은 추억의 메뉴쯤 되는 '냉동삼겹살'…그 시절엔 모임이면 정석 같은 메뉴였다.

창호 형이 온다기에 냉동삼겹살을 산타클로스 영감이 매고 올만큼 큰 봉지로 사왔다. 창호 형이 함께 할 때가 많진 않았다. 하지만 그가 나타나서 함께 밥을 먹을 때면 다른 청년들도 어마어마하게 밥을 먹었다.

냉동삼겹살의 그 엄청난 양을 먹었던 일 보다는 그 뒤에 김치 담는 큰 양푼에 위생장갑을 끼고 손으로 비벼 먹는 비빔밥이 기억난다. 그 밥을 비빌 때는 엉덩이가 차분하지 못하고 들썩거려야 비벼지는 양이었다.

비빔밥을 비비는 몫은 거의 나의 몫이었다. 맛이 특별해서 먹는 비빔밥이라기보다는 그냥 모두 모여 먹는 밥이었고 먹성 좋은 창호 형이 함께라서 전염성이 있는 듯 했다. 그날 창호 형이 늦게 왔었어도 그 이유는 아무도 궁금해 하지 않았다. 그저 함께 먹었던 식탁이 즐거웠다. 여름에 피어날 예쁜 꽃은 곧 피어날 거니까..

그러나..

아이러니하게도 우리는 꽃씨 심고 어마어마한 냉동삼겹살과 밥도 먹고 주안에서 행복했는데...ㅠ

그 해에 화단에 채송화는 한 송이도 안 피었다. 도대체 왜?

꽃씨가 불량? 잘못 심었을까? 한 송이도 피지 않은 채송화와 빨리 떠난 창호 형이 생각난다.

내 마음의 짐 (1)

(1)~(6) / 이원근

창호 형이 위암수술을 한 뒤 뇌종양 판정을 받기 전이다. 그때까지만 해도 창호 형에게 가끔 전화하여 안부만 물으며 "이제 건강을 찾았구나!" 싶어 안심을 하고 있을 때였다.

아마 명훈목사님이 전화를 했던 것 같은데 "창호 형에게 가보라"는 거였다. "아무래도 이상하다"고 하면서 "한번 살펴보라"고 하셨다. 그때만 해도 나는 창호 형 아파트 문 비밀번호를 몰랐다. 명훈 목사님은 아파트 비밀번호를 알려주며 초인종을 눌러도 나오지 못할 거라고 했다. 아무래도 예감이 이상했다.

그날 창호 형의 집에 들어갔을 때 초인종을 세 번을 눌렀다. 안에서는 어떤 인기척도 없고 아무런 소리도 없었다. 알려준 비밀번호를 누르고 들어가는 순간, 창호 형은 가까스로 "왔냐?"며 소리만 낼 뿐이고 힘없이 누워만 있었다.

어떻게 해줄 방법이 없어서 "병원에 가자"고 했다. 창호 형은 "밥을 며칠 먹지 못해 힘이 없어서 그럴 뿐"이라고 했고 "병원은 가지 않겠다"고 했다. "그럼 죽이라도 사온다"고 해도 "알아서 먹겠다"는 말만 했다.

가만히 지켜보고 있자니 상태가 너무 안 좋아 보여 누워있는 창호 형 옆에 앉아서 다리와 팔을 주물렀다. 전에는 운동도 해서 그런지 팔과 다리가 짱짱했는데 이상하게도 두부를 만진 것처럼 푹신거리기만 했다.

더 이상한 것은 오른쪽 팔과 다리는 근육의 수축과 이완이 제대로 됐는데, 왼쪽은 이완이 된 상태에서 수축이 전혀 되지 않았다. 전에 병원에 있으면서 들었던 예비 상식들이 있어서 여기 저기 만져보면서 아무래도 못 먹어서가 아니라 뇌 쪽에 이상이 있을 거란 확신이 들었다. 그래서 창호 형에게 "아무래도 뇌에 이상이 있는 것 같으니 빨리 병원에 가자"고 재촉을 하였다. 창호 형은 "내일 모레가 화순전대병원 정기검사 날이니까 그때 간다"고 했다.

거의 1시간 넘게 창호 형의 다리와 팔을 주물렀다. 하지만 왼쪽은 이완만 될 뿐 수축이나 긴장은 되지 않는다. 나도 약속이 있던 터라 더 이상 있지 못하고 창호 형에게 "약속이 있어서 가볼 테니 이상이 있음 바로 전화를 하시던지 119를 부르라"고 하였다.

창호 형 집에서 나오는 길에 명훈 목사님에게 전화를 하였다. "아무래도 뇌에 이상이 있는 것 같으니 빨리 병원으로 데리고 가는 게 더 낫겠다"고 했다. "내가 아무리 설득해도 안 되니까 훈이 형이 설득해서 데리고 가달라"고. 명훈 목사님은 창호 형을 설득을 하여 119를 불렀다. 119 구급대원은 "위급한 상태이니 전대병원으로 가자"고 하였으니 창호 형은 무지개병원을 고집하였다.

결국 무지개병원에서 며칠 더 있다가 상태가 더 안 좋아져서 화순 전대병원으로 옮겼고 거기에서 뇌종양 판정을 받았다. 그렇게 몇 년을 '위암'이 아닌 '뇌종양'으로 고생을 하다가 하나님의 부르심에 순종하여 그 길을 가셨다.

창호 형이 뇌종양으로 수술을 하고 그때부터 나는 창호 형의 집에 자주 들락거렸다. 집에 다니면서 창호 형에게 제일 많이 들었던 말은 "원근이 네가 죄인이다"는 말이다. "가까이 사는 것이 죄"라고 했다. 형은 "앞으로 수시로 부를지도 모르겠다"고 했다. 나는 "언제든지 필요하면 부르라"고 했다. 왜냐하면 내 마음에는 짐이 있었기 때문이다.

"창호 형이 처음 아팠을 때에 그것을 보고 어떻게 해서든 병원으로 데려갔으면 이렇게까지 되었을까?" 하는 아쉬움과 왠지 모를 죄책감(?) 비슷한 게 내 마음의 짐이 되었다. 아무리 창호 형이 "병원에 안 간다"고 버텨도 강제로라도 데려갔더라면 하는 마음의 짐. 그 짐은 항상 나를 창호 형의 집으로 가게 했고 수시로 전화하게 만들었다. 지금도 나는 창호 형 생각을 하면 처음 누워서 힘이 없어 사람조차도 제대로 알아보지 못할 때 병원에 데려가지 못하였음을 자책하고 후회한다.

창호 형의 배려 (2)

창호 형을 화순전대병원에 데리고 갔다 다시 데려오던 날, 창호 형은 "맛있는 걸 먹고 싶다"고 했다.

"형, 뭐 먹고 싶은데?"

뜻 밖에도 형은 "고기를 먹고 싶다"고 했다.

"원근아, 화순읍 쪽으로 가자. 거기 ○○○○갈비가 있는데 거기서 먹자"
"형, 그건 광주에도 있는데... 광주 가서 먹을까?"
"아니, 화순에서 먹고 가자"

화순읍에 있는 ○○○○갈비에 갔다. 아마 일인분에 1만 9000원 정도 하는 무한리필 집이었던 것 같다. 솔직히 당시 창호 형은 고기 몇 점도 못 먹는 상태였다. 더구나 나도 뷔페 같은데 가면 손해보고 먹는 스타일이라 그렇게 비싼 집에 간다는 게 별로 내키지 않았다.

"형, 이거 다 먹지도 못하고 나도 많이 못 먹는데 괜찮을까?"

창호 형은 그래도 먹자고 했다. 역시 나도 창호 형도 기본으로 나온 고기조차도 다 못 먹고 더 가져다 먹을 생각도 못하고 결국 고깃집을 나와야 했다. 둘이 몇 점 먹지도 못하고 4만원에 가까운 돈을 계산하려니 속이 쓰렸다. 가면서 소화도 시킬 겸 화순 천변을 휠체어를 밀면서 이야기를 나누면서 걸었다.

"형, 배는 괜찮아? 차라리 광주에서 일인분씩 먹는 게 더 나을 뻔 했네!"

그러자 창호 형은 이렇게 말했다.

"화순 ○○○○갈비는 우선 주차장이 뒤에 있어서 바로 주차하고 건물에 들어갈 수 있고, 올라 다닐 계단이 없어서 휠체어가 들어가기 편하고 조금은 넓어서 휠체어로 앉기도 편하다"

결국 내가 휠체어 밀고 다니면서 고생할까봐 되도록이면 올라가는 곳이 없이 휠체어로 편하게 갈수 있는 곳을 택한 것이었다. 그러고 보면 창호 형은 무엇을 하더라도 효율성을 강조했고 또 함께 하는 나를 배려했다.

내가 창호 형은 배려해야 하는데 창호 형은 오히려 나를 배려한 것이다. 항상 창호 형 은 그렇게 사람들을 대하고 만났다. 자기보다 남을 더 배려하고 자기보다 남들이 더 편할 걸 생각했다. 그날 나는 창호 형한테 한수 배웠다

창호 형이 유언하다 (3)

창호 형이 하늘로 이사 가기 세 달 전이었다. 창호 형이 아파트로 와 달라고 전화를 하였다. 그날은 내가 바쁜 날이라 갈수 없고 다음 날 오전에 가겠노라 했다. 창호 형은 항상 "그래 그렇게 해주라 고마워"란 말로 끝을 내었다. 그 다음날 집에 가보니 형은 어머니와 나를 의자에 앉혀놓고 "내일 내가 병원에 가서 수술을 해야 하는데 아마 이번이 마지막일 수도 있다"고 하였다.

마음이 철렁하여 "그런 말 하지 말라"고 했지만 창호 형은 눈빛은 너무도 애처로워 보였다.

"원근아, 이제부터 내가 유언을 할 거야"

그 말을 힘들게 했겠지만 그 말을 듣자마자 눈물이 났다.

"형, 유언은 아직 하면 안 돼. 이번에 수술하고 나면 충분히 살 수 있어"

"원근아 이제부터 하는 말 잘 들어야 해. 저녁에 호(동생)도 올라오라고 했으니까 그렇게 알고, 너에게 한말을 똑같이 호에게도 할 거야"

그렇게 창호 형의 유언은 시작되었다. 하지만 나는 "혹시라도 유언을 하고 나면 창호 형이 약해질까 녹음을 하지 않겠노라"고 했다. 유언의 내용은 이랬다.

먼저 창호 형은 자기가 가지고 있는 동산과 부동산, 현금을 이야기 했다. 광주 남구 소재 삼익아파트, 보싱 회천에 있는 야산, 그리고 사망보험금과 주식 등이었고 이것을 다 더해보니 9억이 조금 안되었다. 단 보성에 있는 야산은 보성군청에서 공무원 연수원으로 만들기 위해서 그 땅을 팔라고 할 정도로 위치는 좋은 곳이었다. 형은 실제로 몇 년 뒤에 울산과 목포를 잇는 국도2호선의 지선이 해안도로 개념으로 그 앞으로 관통하게 되어 나중에 땅값이 오른다는 정보도 주었다.

그러면서 그 부동산과 현금자산으로 장학재단을 만들기를 원하였다. 우선 아파트는 지금 나자렛 모임의 선후배 자녀들 중에 광주로 공부하러 온 자녀들이 특별히 갈 데가 없다면 아파트를 기숙사 형태로 사용하도록 하였다. 다만 어머니가 돌아가실 때까지는 그곳에 거하실수 있도록 배려를 해달라고 하였다.

또한 선후배 중에 선교사로 사역하는 분들이 잠시 한국에 들어왔을 때 거할 수 있는 거처로 내놓으라고 하였다. 주식은 팔아서 현금화하고 사망보험금도 합하여 몇 억 정도의 자본이 모이면 장학금으로 사용하라고 하였다. 즉 장학금은 목회자 자녀에게 우선 조금씩이라도 지급하고 나머지는 장학재단에서 필요에 따라 결정하여 지급하라는 말이었다. 보성의 땅은 바닷가가 보이는 아주 좋은 땅이나 다른 이의 땅을 거쳐 지나지 않으면 안 되는 소위 말하는 맹지였다. 그러나 형은 그 땅에 나중에 길을 내어 쉬어갈수 있는 장소나 영성센터를 지으라고 부탁을 하였다.

여기까지 말을 하고 형은 "유언 끝"이라고 했다. 어머니는 옆에서 들으셨으나 무슨 말인지는 잘 모르셨고 나중에 형의 장례식이 끝난 뒤 뵈었을 때에 장학재단에 대한 이야기는 기억을 난다고 하셨다. 하지만 창호 형이 살아계실 때 장학재단이 만들어졌어야 했다. 이젠 유족들의 동의를 구해야 하는 일이 되고 말았다. 더욱이 창호 형의 말하지 못한 가정사로 인하여 동의를 구하는 일도 실은 힘들게 되었다.

지금은 그 말을 녹음하지 못함이 마음 아프고 그 유지를 이루지 못함이 아쉽다. 창호 형이 마지막까지 하고자 하던 일들과 유언을 하면서 깊은 눈으로 나를 보며 확인하듯 다시 말한 그 목소리와 모습들이 눈에 선하게 다가온다. 유언이 끝난 후 형에게 "수술하고 건강을 찾으면 그때 유언 녹음도 하고 공증도하고 정강이랑 다 만들어서 형이랑 같이 만들어 보세" 했더니 "그러자"고 하셨다.

지금 죽기에는 너무도 아까운 생각을 가지고 있고 지금 보내기에는 너무도 아까운 목사였다.

오토바이를 사랑한 남자 (4)

1998년 장로회신학대학원을 다닐 무렵이다. 자양동 자양시장에 위치한 집에서 자취를 하고 있었다. 당시 창호 형은 화성에 있는 한신대 대학원에 진학하였다. 그래서 광주에 있는 짐들을 옮겨야만 했다. 아직 방을 구하지 않았지만 내 자취방에 짐을 잠시 맡겨두고 방을 구하는 대로 짐을 다시 옮긴다고 했다.

그때도 포장이사가 있었는지는 모르겠지만 창호 형이 포장이사를 돈 주고 할 사람인가? 나에게 "같이 이사를 하자"고 했다. 그 정도 말이면 창호 형이 이삿짐을 광주에서 가지고 오면 우리 집에 놔둘 때 도와주는 것과 창호 형이 화성에 방을 마련하면 그때 '이사를 도와달라'는 거로 이해를 했는데 그게 아니었다.

이사를 도와달라는 말은 광주에 있는 짐들을 싣고 올 때 도와달라는 말이었다. 그래도 선배의 부탁인지라 광주 내려가서 순덕이도 볼 겸 그러자고 승낙을 했다. 창호 형은 지인한테 용달차를 빌려놓았다. 용달차에 짐을 싣고 같이 올라오면 되는 것이었다. 거기까지는 생각할 때에 아주 일상적인 자취방 옮기는 수준이었다.

문제는 창호 형이 타고 다니던 오토바이였다. 평소 호신대 다닐 적에도 88오토바이를 타고 다니면서 후배들을 잘 태워주곤 하였다.

그런 88오토바이가 아니라 5단변속이 가능한 250cc오토바이였다. 창호 형이 빌린 1톤 트럭에 창호 형의 잡다한 짐들을 다 실었는데도 한가득 다 되었고 거기에 오토바이를 싣고 갈 자리가 없었다. 몇 번을 고민하고 몇 번을 다시 짐을 쌓아 봐도 오토바이는 트럭에 실을 수 없었다. 그래서 창호 형이 이렇게 제안을 했다. 어차피 나는 면허증이 없어서 트럭을 운전하지 못하니 오토바이를 운전할 줄 알면 그걸 타고 가자고 창호 형은 운전을 하고 서서히 올라가자는 것이다.

고등학교 때부터 125cc를 타고 다니면서 목장 일을 해서 오토바이 쯤이야 잘 탔다. 문제는 그것을 타고 어떻게 서울까지 가느냐는 것이었다. 나는 자신이 없었는데 창호 형이 천천히 국도로 가자고 했다. 선택의 여지가 없어 그렇게 해보자고 했다.

그런데 낮에 가면 경찰들에게 검문을 당하거나 면허증 검사를 할 수 있으니 밤에 가자고 했다. 밤에 이른 저녁밥을 먹고 창호 형은 트럭에 올라타고 나는 오토바이 시동을 걸었다. 국도 1호선을 타고 가다 23호로 갈아타고 창호 형이 천천히 트럭을 운전하면서 가고 나는 오토바이를 타고 서서히 따라갔다. 아마 거의 7시간은 걸린 것 같다. 서울에 도착하니 새벽 2시가 넘었으니까.

내가 내려올 땐 추운 날 찬바람을 맞으며 헬멧 하나 달랑 쓰고 가벼운 옷을 입고 왔다. 오토바이 타고 가기에는 부적절한 복장이었다. 창호 형이 입던 옷을 줘서 좀 더 두껍게 옷을 입었을 뿐이다.

추운 밤길을 힘들어 죽겠단 내색도 못하고 오토바이를 운전해서 서울까지 갔다. 그날 밤 차에 같이 앉아서 두런두런 이야기라도 하고 갔으면 좋았을 텐데... 창호 형이 운전하던 트럭만 째려보면서 말없이 운전하고 갔던 밤이었다.

그런데 서울에 도착해서 짐을 내리고 창호 형에게 "잠 좀 주무시라"고 했더니 형은 "오토바이를 다시 트럭에 싣자"고 했다. 어찌어찌해서 오토바이를 다시 트럭에 싣고 잠을 청할 줄 알았던 창호 형은 다시 그 길로 광주로 내려간다고 했다. 오늘 트럭을 돌려줘야 한다고..

마음 같아서는 나도 같이 내려가고 싶었지만 몸이 추워서 많이 힘들었고 잠이 쏟아져서 그런 창호 형을 그냥 보내고 나는 잠을 자버렸다. 그리고 그날 오후 5시 창호 형은 다시 오토바이를 타고 서울로 왔다. 그러니까 24시간 이상을 잠도 자지 않고 트럭을 운전하여 서울로 온 거다. 즉 나랑 서울로 온 뒤 다시 트럭에 오토바이를 싣고 광주 내려가서 트럭을 돌려주고 싣고 간 오토바이를 타고 다시 국도를 타고 서울까지 온 것이다. 그러고 자양시장에서 국밥을 먹고 그날 저녁 잠을 우리 집에서 자고 다음날 한신대로 갔다. 정말 독한 사람이었다.

내 생전 지금까지 그렇게 서울까지 이삿짐을 날랐던 사람을 없었다. 그런데 창호 형은 자기의 의지대로 항상 하던 사람이었다. 그것이 답답해 보일 때도 있지만 그것은 창호 형의 스타일이었고 그것이 창호 형의 멋이었다. 고속도로의 빠름보다, 느리지만 국도로 같이 갈 수 있는 사람이 창호 형이었고 다른 이의 고생과 도움을 잊지 않고 항상 그것을 기억해 주는 형이었다. 창호 형이 아파서 여기저기 모시고 다닐 적에 그 이야기를 했다. 그때 너무 힘들었고 나는 많이 추었노라고... 창호 형은 그런 나에게 이렇게 말했다.

"너랑 나랑 같이 한 시간이 그렇게 있어서, 또 지금 네가 가까이 살아서 나를 부탁한다."

지금 생각해보면 오토바이랑 창호 형이랑 참 잘 어울렸다.

창호 형의 군대 시절 (5)

창호 형이 점점 말라가던 어느 날, 창호 형 집에서 옷을 갈아입는 다기에 갈아입을 속옷과 티셔츠를 꺼내왔다. 창호 형은 그 사이 옷을 벗고 내가 티셔츠를 가져오기를 기다리고 있었다. 그런데 오른쪽 갈빗대에 눈에 자세히는 띄지 않으나 얼핏 보니 다쳤던 것과 같은 흔적이 남아 있었다. 조금은 오래되어 보이는 깊숙한 상처와 같은 흔적...혹시나 누군가에게 맞았거나 어디서 굴러 떨어져 생긴 상처가 아닐까 궁금하여 창호 형에게 물었다.

"형, 갈빗대가 좀 이상하네. 어디서 다쳤었는가?"
"야, 네 눈에는 이런 것도 보이냐? 이것 보는 사람 없었는데"
"그냥 보니까 보이는데 어디서 다친 거여?"

형은 내가 그 다친 자국을 보았다는 것이 더 신기하다고 했다. 칼자국과 같은 상처가 아니라 뼈에 이상이 있어서 생긴 자국과 같았다. 그러기에 그냥 보기에는 아무렇지도 않게 보였을 수도 있었지만 내 눈에는 그저 상처 자국처럼 보였다.

"이거 시위하다가 맞은 건가?"

그제야 형은 갈빗대에 대한 이야기를 했다. 형이 군대에 있을 때

일병을 달고 얼마 지나지 않아 생긴 일이라고 했다. 일병을 막 달면 어깨에 힘이 들어간다. 밑에 후임들도 몇 명 들어오기 때문에 이제 막 전라도말로 선임 말을 개기기도 한다. 그럴 무렵 창호 형 동기 중에 한명이 상병한테 대들었다고 했다. 무슨 일이었는지는 창호 형이 말은 안했지만 그날 그 상병이 동기들 "집합하라"고 해서 화장실 뒤로 가서 집합을 했다고 한다. 상병은 다짜고짜 동기들 한 명 한 명 주먹으로 가슴을 치고 옆구리를 쳤다고 했다.

동기 하나 잘 둬서 니들이 맞는 거라며 그 상병은 주먹으로 가슴과 옆구리를 쳤고 창호 형은 옆구리를 맞는다는 것이 그 위쪽 갈빗대로 맞아서 갈빗대가 금이 갔다고 했다. 처음 맞고 나서는 아프기만 했지 금이 갔으리라고 생각하지도 않았다. 혹시나 동기가 미안해 할까봐 내무반에 가서도 아프단 말도 하지 않고 파스만 붙이고 며칠 있었다고 했다.

그 뒤 맞은 자리는 심하지는 않지만 가끔 숨 쉬지 못할 정도로 아팠다. 너무도 아파서 외진을 신청해서 나갔을 때가 선임에게 맞고 나서 6개월이 되었을 때라고 하였다. 그때 병원에 가보니 갈빗대가 금이 3개가 가있었단다. 갈빗대 금간 채 6개월을 버텼다는 건 참 대단한 인내이다. 하지만 형은 중대가 뒤집힐까봐 "맞아서 갈빗대 금갔다"는 말도 하지 않고 참고 버틴 채 전역을 하였다.

그 뒤 가끔 숨이 차다거나 한 번씩 통증이 온다고 했다. 나는 다시 한 번 그 갈빗대 자국을 보았다. 조금은 오목해져버린 것처럼 오래된 상처자국, 나와 있을 때는 웃으며 갈빗대 금간 이야기를 했지만 수십 년을 가끔 아파하면서 군대의 일을 떠올렸을 생각을 하니 가슴이 좀 아파왔다. 창호 형은 이렇게 말을 했다.

"내가 고참이 되었을 때에는 후임들을 한 번도 때리지도 않았고 나쁜 말도 하지 않았다"

창호 형은 자기가 받은 상처를 남에게 전가하거나 그것으로 말미암아 화풀이 하던 사람은 아니었던 것 같다. 자기 갈빗대의 상처를 보면서 그저 다른 후임들도 그렇게 될까봐 항상 조심하고 말이 상처가 될까 함부로 말을 하지 않았던 군대의 좋은 선임이었던 같다.

창호 형의 억세게 운 좋은 날 (6)

창호 형이 신흥택시를 운전할 때 일이다. 1214호 흰색 택시를 운전했는데 그때 짝꿍이 서한성 집사님이셨던 걸로 기억난다. 주간 야간을 나눠서 택시운전을 번갈아 하였다. 그러다 서 집사님이 잠시 쉬셔서 창호 형이 하루 종일 운전을 하던 날이 있었다. 좀 쉬면 쉬엄 쉬엄하지 창호 형은 욕심에 하루 종일 택시를 운전을 하였다. 그날 저녁 무렵, 대인동에서 "해남 땅끝마을 가자"는 어떤 아주머니를 태웠다.

서류봉투를 들고 타신 아주머니는 뒷자리에 탔고 창호 형은 해남을 향해 달렸다. 창호 형은 그날 무슨 일인지 사납금도 벌어놨는데 장거리 손님이 있어서 기분이 너무 좋았다고 한다. 그래서 해남 가는 내내 이야기도 하고 중간에 커피도 마시면서 갔다. 해남 땅 끝에 가니 이미 날이 어두워져 있었다. 땅끝마을에 가까이 와서 아주머니는 "볼 일이 급하다"고 "잠시 멈춰 달라"고 하였다. 아주머니는 서류봉투를 놔둔 채 내려 어둠속으로 볼일을 보러 내려갔다.

멀리 인가가 있긴 했는데 설마 서류봉투를 두고 도망갈까 싶어서 창호 형은 기다리고 있었다. 그런데 5분이 지나고 한참을 지났는데도 아주머니는 나타나지 않았다. 그래서 창호 형은 아주머니가 놔둔 서류봉투를 열어봤다. 신문 두 개가 접혀서 들어 있었다. 놀래서 여기저기 찾아봤지만 아주머니를 찾을 수가 없었다. 허탈한 마음으로 광주에 올라오면 속으로 욕을 하고 자기의 미련함을 탓하였다. 하지만 이미 엎질러진 물이라 주어 담을 수도 없는 일이었다.

한참이 지난 후 창호 형은 나에게 그 이야기를 했다. 그 이야기도 아마 진도에 갈 때 심심풀이로 했던 말인 거 같다. 창호 형에게 "그 일로 화가 안 나느냐?"고 물었다. 지금 말하면 '이불킥'이라도 할 일이 아닌가! 가끔 생각하면 화가 날 법도 하겠지만 창호 형은 단호히 말한다. 이미 지나간 과거를 되돌릴 수도 없고.. 서류 봉투 들고 타면 옷에다 쉬를 할 때까지 절대 안내려 줄 거라고 하시더라.

웃자고 한 소리이지만 창호 형은 과거의 일을 후회하거나 그것을 가지고 이불킥(kick)을 할 만큼의 감성을 소유하지는 않았다. 단지 과거의 그 일을 에피소드쯤으로 여기고 후배 앞에서 우스갯거리로 만들어줄 줄 아는 그런 여유 있는 선배였다.

여보게 친구, 웃어나 보세

이성정 목사(87, 여수새순교회)

박상규 씨의 '친구야 친구'라는 노래처럼, "아지랑이 언덕에 푸르러 간 보리 따라 솔향기 시냇가에서 가재를 잡던" 그런 소싯적 추억은 없다. 그래도 '친구'가 되고 친구라 부르고 친구로 함께했던 친구 창호, 대학에 와서 만나 동아리 활동을 하며 상쇠와 부쇠로 배우고, '짝두름'(상쇠가 부쇠가 짝을 이루어 꽹과리를 연주하는 가락)을 하며 시대적 사명에 함께 한 우리는 친구다. 그의 아픔과 죽음은 아직도 받아들이기 힘겹다.

솔직히 창호와의 관계가 어떻게 시작되었는지 잘 모르겠다. 언제 어떻게 처음 만났는지, 어떻게 동아리에 들어가게 되었는지, 어떻게 배우고 함께했는지 작은 파편 같은 기억만 있다. 예를 들면 함께 지리산에 모꼬지 갔을 때 난생 처음으로 강의를 패싱한 기억. 좁은 텐트에 머리만 넣고 잠을 청했던 기억이 있다.

또 언젠가 풍물전수 엠티를 남원으로 갔었고, 일주일 내내 김치만 먹으며 풍물만 배우고 치고 매달렸던 기억. 함께 라디오 프로그램에 출연했던 기억도 있다. 함께 장고에 막걸리 먹이며 화염병 만들어 투척 연습을 하였던 기억. 함께 시위 전선에 풍물패로 나갔다가 허겁지겁 도망했던 기억. 한 번은 꽤 큰 실내 공연장에서 그럴듯한 공연을 했던 기억도 있다. 군 입대 전 2년은 창호와 동아리와 쇠와 함께했다. 그런데 그때의 소소한 일들이 잘 기억나지 않는다.

군 복무를 마치고 복학했을 때 창호는 여전히 동아리 방을 지키고 있었다. 난 그곳에서 피앙새를 만났다. 함께 지방까지 원정을 다니며 마당극을 했던 기억. 내가 마당극에서 뭘 했는지 잘 모르겠다. 배우로 한 마당 신나게 놀았던 것 같은데... 한 잔 걸치고 필름이 끊긴 듯 없다. 아마도 피앙새 때문일까? 한참 후에 한신대에 다니는 창호를 찾아간 적이 있었다. 여전히 오랫동안 학교를 떠나지 않는 훌륭한 모범생. 내 기억에 그는 도서관에서 알바를 했던 것 같다. 그날 만나서 뭐 했는지는 또 기억이 없다.

또 한참 후 창호 아버님 부고 소식에 서울까지 달려갔던 기억이 있다. 의젓하게 상주노릇 하던 창호를 위로하러 간 것인지 얼굴 한 번 보러 간 것인지 가물가물하다. 그리고 창호의 투병 소식, 지혜롭게 잘 견디고 이겨내는 것 같았다. 집도 장만하고 좋은 집 구경 갔었다. 창호가 사준 삼계탕도 먹었다. 하룻저녁 신나게 이바구(이야기)를 나눴다. 근데 무슨 얘기를 했는지 도통 기억나지 않는다.

부탁을 했다. 뭘 찾아서 여수까지 가져오라고 특명을 내렸다. 그는 착실히 잘 수행했다. 고마워서 장어탕에 이것저것 장거리를 사서 보냈다. 요양원에서 쉬다 막 나왔다며 커져 버린 양복을 차려 입고 K5를 몰고 왔었다.

쉽지 않은 투병생활, 나는 잘 몰랐다. 그냥 잘 견디고 있으리라고만 여겼다. 워낙 똑 부러진 녀석이니까. 그런데 그렇지 못했나 보다. 본격적으로 투병이 시작되었을 때 자원해서 그를 돕겠다고 하루의 시간을 냈다. 병원에 데려갔다가 데려오는 일이였다. 보험 관련 일을 보느라 정신이 없었다. 환자가 자신의 보험까지 일일이 챙겨야 하는 상황. 속상하다.

원근이가 달려와서 함께 주민센터에 다녀왔고 나는 돌아왔다. 그것이 마지막이라니. 몇 번의 통화, 한 번 더 봐야겠다 싶어 찾아가려 했는데, 죽음의 소식이 먼저 와버렸다. 삶의 순위에서 밀어내 버린 것 같아 마음 아프다. 먼저 떠나는 친구, 다시 볼 먼 날을 생각하니 덤덤하다. 아니 갑갑하다.

그래도 선후배의 따스함이 남아 있어 감사하다. 떠난 친구와 깊은 사연은 생각나지 않고 듬성듬성 떠오르는 몇몇 일들만 맴돈다. 이것이 인생인가?

"여보게 친구 웃어나 보자 어쩌다 말다툼 한 번 했다고 등질 수 있나"

여보게 친구 다시 만나는 그 날에 뜨거운 포옹 한 번 제대로 해 보세 여보게 친구 잘 기다리고 있게나. 주님 품에 위로 가운데 행복하게.

1987년과 기독교문화연구회

백명기 목사(86, 한국장로교총연합회 사무총장)

내 인생에 1987년은 큰 전환과 의미가 함께 한다. 1987년는 내 인생이 중요한 변곡점이 되었고, 1987년에 창호가 호남신학교에 입학했으며, 성서와 실천연구회, 갈멜문화선교단, 농촌선교연구회의 뿌리였던 호남신학교에 기독교문화연구회가 만들어졌던 해이다. 그리고 1987년 호남신학교에 새로 만들어진 동아리 '기독교문화연구회'의 끈이 오늘까지 계속 이어지고 있으며 어쩌면 내가 죽은 이후까지 계속 될 것 같다.

내 기억 속에 1987년은 여러 가지 숫자와 함께 정리된다. 4·13호헌, 6·10민주항쟁, 6·29선언, 그리고 1987년 12월 16일 대통령선거.

1987년은 1980년 5월만큼이나 한국의 근현대사에 큰 의미와 무게를 가진 해였고, 나는 그해 호남신학교 2학년에 재학 중이었다.

1987년 1월 14일 '박종철 고문치사 사건'

경찰은 '민주화 추진위원회 사건' 관련 수배자 박종운의 소재 파악을 위해 그 후배인 박종철을 불법으로 체포했다. 박종철에게 폭행과 전기고문, 물고문을 했고, 박종철은 1987년 1월 14일 치안본부 대공수사단 남영동 분실 509호 조사실에서 사망했다. 다음날 경찰책임자는 단순 쇼크사인 것처럼 발표했으나 부검의(剖檢醫)의 증언과 언론보도 등으로 의혹이 제기되자 사건 발생 5일 만인 19일에 물고문 사실을 공식 시인했다.

박종철 고문 치사사건으로 인해 전국이 들끓어 올랐고, 민주화를 요구하는 시민들은 대통령 직선제를 골자로 하는 개헌을 요구가 분출하였다.

413 호헌

전두환은 1979년 12월 12일 군사쿠데타로 1981년 3월 정권을 잡아 7년 집권에 성공하였다. 그는 87년을 맞아 다음 대통령선거를 앞두고 "평화적인 정부 이양과 서울 올림픽의 성공적 개최를 위해 소모적인 개헌논의를 지양한다."라고 발표했다. 이것이 이른바 4·13 호헌 조치이다. 당시 전두환은 개헌논의를 금지하고 이에 따른 모든 집회와 시위·농성 등의 집단행동을 금지하였다.

학교 밖에서는 호남 신학 선배들의 모임인 선민협(선교와 민주화를 위한 목회자협의회) 소속의 목사님들이 목회자 정의 평화실천협의회(목정평) 활동을 하고 계셨다. 이 무렵 광주 YWCA에서 목회자들이 단식기도를 시작하였다. 호남신학교에서도 5·18 진상을 알리는 비디오를 상영하였고 학생들이 단식기도를 시작하였다.

전국에서 민주화 시위가 이어지는 가운데 직선제개헌 쟁취를 위한 국민운동본부가 결성되었다. 이때 광주전남의 교회와 성도 수천 명이 성도들이 모여서 금난로에서 '직선제 쟁취를 위한 시국기도회'를 열었다. 호남신학대학의 학생들도 이 집회에 참여하였다. 전두환 정부의 강압과 탄압에 맞서 종교계(목정평, 정의구현사제단 등)를 비롯한 학계 문화계 등 사회 각 부문의 호헌철폐를 위한 성명서와 시국선언문이 쏟아졌다. 이런 분위기에서 시민들이 시위에 대거 참여하면서 6월 항쟁으로 발전하였다.

610 민주항쟁

1987년 6월 10일은 민정당 대표 노태우가 민정당 대통령 후보로 선출된 날이며, 이에 맞서 민주헌법쟁취 국민운동본부가 '박종철 군 고문살인 조작·은폐규탄 및 호헌철폐 국민대회'를 전국적으로 개최한 날이다. 이를 기점으로 6·29선언까지 시민들의 민주화 요구와 투쟁은 커져갔으며, 호남신학교 신학생들도 이 역사의 전환점에 참여하게 되었다.

6·10을 하루 앞둔 1987년 6월 9일 연세대학교 집회에서 시위에 참여했던 연세대학교 경영학과 이한열이 최루탄에 맞아 쓰러졌다. 그

리고 그 후유증으로 7월 5일에 사망함으로 6월 항쟁의 도화선이 되었다. 이때 호남신학교의 학생이었던 나는 학교 수업보다는 집회와 시위 참석에 열심을 가졌고, 광주전남기독운동의 중심이었던, YWCA에 드나들게 되었다.

나는 이 무렵에 박미영 선배의 이끎으로 장청 대학생 선교위원회에 참가하였다. 여기서 당시 전남대학에 재학 중이던 이재명 형을 만났고 기청운동을 하던 영걸이, 재신이, 그리고 김창호를 알게 되었다. 이후 내 기억 속에 창호는 상쇠 창호, 길놀이를 이끌고, 농활에서 마당극 공연하던 창호다. 특히 백운교회 마당에서 펼쳤던 마당극 공연이 기억에 남아있다. 해남군 산이면으로 갔던 농활이 내가 경험한 첫 번째 농활인데 몇 년도인지 기억이 분명하지 않다. 혹시 아는 사람이 있다면 알려주시면 감사하겠다.

6월 항쟁이 쟁취한 '629 선언'

민정당 대표이며 대통령 후보인 노태우가 1987년 6월29일에 대통령 직선제개헌, 1988년 평화적 정부 이양, 언론자유 보장을 골자로 하는 6·29선언을 하고, 이를 전두환이 수용함으로 413호헌 조치가 철회되고, 대통령직선제 개헌이 이루어졌다. 이때 호남신학교는 방학에 들어간 상태였다. 나는 후보 단일화가 실패하는 과정을 보았고, 공명선거 감시단 활동에 참여했었다.

이후 1987년 12월 16일 대통령선거에서 노태우가 당선된 것은 김영삼과 김대중의 대통령 단일화가 실패했기 때문이며 이로 인해 기독 운동도 분열되었던 것으로 기억한다….

호남신학교의 기독교문화 연구회 태동은 이와 같은 역사적 배경을 깔고 있다. 1987년 가을 어느 날 호남신학교에 기독교문화연구회가 시작되었다. 6월 항쟁과 단식기도회를 경험했던 이들 중에 몇 사람이 모였다.

내 기억으로는 당시 3학년은 김진남과 정경호 선배, 그리고 2학년은 정석윤, 정형근, 백명기 1학년은 오석회, 류요한, 송연호, 이옥란, 정경화, 최태용(?) 등이 참석하였다. 그때 당시 사진은 없는 것 같고, 기록물도 남아있지 않고 무등산 증심사에 모꼬지를 갔었던 것으로 기억한다.

87년 제13대 대통령선거운동 기간에 조선대학교에 김대중 후보 연설이 있었다. 그때 우리 기문연(기독교문화연구회)에서는 수익사업으로 커피를 팔았다. 추운 날이라 커피믹스를 팔았는데 수입이 쏠쏠하였다. 이날 조선대에는 발 디딜 틈이 없을 만큼 군중이 운집하였다. 그 엄청난 군중이 "김대중 선생! 김대중 대통령!"을 연호하였는데 이런 모습을 본 건 처음이었다.

나는 1988년 1월 방위소집이 되어 1989년 6월에 소집해제 될 때까지 학교를 드나들었다. 1990년 동아리 활동을 본격적으로 시작해 신입생 맞이 준비를 할 무렵에는 기문연이 성실연, 갈문선, 농선으로 나뉘어 있었다. 원래 기문연 멤버였던 나는 '성서와실천연구회'로 이름을 바꾸는 논의에 참여하였다.

1989년 말 나는 내 진로를 향해 심사숙고 끝에 농촌현장을 선택했고 농선 활동을 시작했다. 1990년부터 2020년까지 30년을 농촌현장과 함께 하였다. 이 기간 농목활동을 계속했으며, 백운교회, 한국기독교농민회, 충남청양의 화산교회, 총회농어촌부 간사, 총회농어촌부 총무를 하였다. 이어 지금은 농촌선교현장과는 한걸음 떨어져 다른 일을 하는 중이다.

내 인생 걸어온 길을 되돌아보니 1987년과 기문연이 내 인생의 전환점이었다. 1987과 기문연이 내 인생이 이쪽으로 방향을 잡은 시작이었다. 그때 그 시절, 그리고 함께한 사람들이 그립고 만나고 싶다.

나의 영원한 형님... 故김창호 목사님을 영원히 가슴 속에 묻습니다.

조용희 목사(88, 전주근로자선교상담소장)

누군가를 추모하며 추모의 글을 쓴다는 것은 전혀 쉽지 않은 일이다. 그 분의 추모를 통해 결국 나의 곁을 먼저 떠나 하나님의 부르심을 받으신 모든 분이 주마등처럼 떠오르기 때문이다.

먼저 3년 전 하나님의 품으로 가신 나의 아버지 故조성수 집사님, 너무도 그립고 뵙고 싶다. 그리고 나의 영원한 목사님인 故 이경로 목사님, 그는 나에게 민중목회의 길을 걷게 하셨다. 나는 민중목회 훈련 시작에 앞서 잠시 두려움에 고민하였다.

그 무렵 이경로 목사님은 별세하셨고 나를 회개케 하여 끝내 29년째 민중 목회의 길을 걷게 하셨다. 나의 영원한 스승 故김용복 박사님도 계신다. 그 분은 민중신학의 기반을 다지셨고 민중신학의 산증인이셨다. 내가 민중목회의 길을 묵묵히 갈 수 있도록 수많은 조언도 아끼지 않으셨다. 또한 나의 그리고 나와 민중목회 현장에서 동역하시다 먼저 하나님의 부르심을 받은 고인(故人)이 되신 나의 선배 목사님, 그리고 사모님.

나의 후배 미나와 공임이 그리고 나의 영원한 선배 김창호 목사님~~

나는 하늘 소망을 가진 목회자라는 존재이기에 앞서 한 인간이다. 스승, 후배, 제자, 동역자 때로는 선배로서 존경하고 호흡을 같이 나눈 자들의 별세는 때로는 크나큰 상실감과 그리움을 낳는다. 그런데도 이들을 추모하는 까닭은 나의 저 깊은 가슴 속에서는 그들이 영원히 살아계심을 확신하기 때문이라.

이 추모 글의 주인공 故김창호 목사님은 나의 신학교 한 학년 바로 윗 선배(87학번)이시자, 내가 정말 순수하게 믿고 따랐던 나의 형님이시다. 80년대의 학창 시절은 유난히 학번 내 규율이 엄하였다. 그래서 한 학년 윗선배가 나이가 나와 동갑이던 적든 간에 무조건 선배 아니 형님이다.(창호 형님과 나와는 동갑이다. 그런데 학번이 빠르다는 이유로 절대 친구로 지낼 수 없었다. 유난히 87학번에는 나와 동갑 형님들이 많았다)해서 유난히 난 87학번 선배들이 무섭기도 하고, 친하기도 하고 아주 묘한 관계였던 거 같다.

다른 이들과 마찬가지로 나 역시도 창호 형님을 추모할 때 제일 먼저 떠오른 건 그의 범접하지 못할 '밥심'이다. 난 형님을 처음 학교 식당에서 만났다. 대학을 막 입학한 신입생 풋풋함 속에서 특히 신학교의 엄격한 규율과 나름 목회자 양성이라는 종교적 가치 속에서 모든 선배에게는 그저 범접치 못할 그 신비로움이 있었다. 창호 형님은 그것을 무참히 깨버렸다.

식당에서 밥을 먹는 그의 첫 모습은 나에겐 엄청난 충격 그 자체였다. “세상에!!!” 무쇠 솥단지를 보자기에 꼭꼭 싸서 학교에 가져와 엄청나게 밥을 밀어 넣는(나에겐 꼭 그렇게 보였다) 창호 형님의 모습을 보고 처음에 떠오르는 생각이 “아! 대학에 꼭 한 명씩 있다는 기인(奇人)이구나!”였다.

그런 형님과 우연찮게 학교에서 식사를 같이 한 적 있다. “선배님께서는 왜 솥을 가져오셔서 식사를 하세요? 그리고 참 많이도 드시네요?” 정확히 기억은 나질 않지만 그때 창호 형님의 대답이 대략 이러하였다. “자전거(당시 경기용 사이클였던 것으로 기억함)를 타야하니까 힘을 축적해야 한다, 문화동아리에서 활동 중인데 힘을 비축해야 꽹과리나 장구를 힘차게 칠 수 있다.”

이를 계기로 형님과 난 자주 학교 식당에서 밥을 같이 먹었다. 형님의 국과 김치는 내 담당이었다. 이리하여 ‘갈멜문화선교단’이란 문화동아리(87학년이 대다수였다)와 그의 단짝 친구인 태용 형님도 자연스레 알게 되었다. 그렇게 난 88년 창호 형님과 만남으로 시작으로 그 이듬해인 89년도부터 졸업할 때까지 ‘성서와실천연구회’, ‘농촌목회연구회’, ‘갈멜문화선교단’에서 종횡무진(?)으로 활동하였다.

대학을 졸업한 뒤 대전빈들교회에서 민중목회 훈련하였고 장신대 목연과에 입학하였다. 이어 민중 목회자 노동훈련을 받느라 거의 광주를 가지를 못하였다. 귀동냥으로 선 · 후배 소식을 간간이 들을 뿐

서울에서의 생활이 계속 이어졌다.

그러던 어느 날 몇 년도인지 정확히 기억은 나지 않지만 광주를 내려갔다가 우연찮게 창호 형님을 만났다. 그때 형님은 택시 아르바이트를 하였고 마침 그날이 비번이기도 해서 형님의 택시로 주섭, 명훈, 창호, 영주, 나 이렇게 5명이 이렇게 고창 선운산에 놀러 간 적이 있다. (멤버가 맞나? 정확하질 않음….)

좋은 구경도 하고 맛있는 식사도 하고 참 귀한 드라이브였다. 하지만 광주로 돌아오는 길에 사달이 나고야 말았다. 내가 택시 미터기를 호기심으로 이것저것 만지다 '주행'을 누르고 말았다. "창호 형님, 택시요금 올라간다"라며 "아따 형님, 용돈이나 좀 버쇼!" 난 아무렇지 않게 농담으로 말하였다.

그런 창호 형님이 소리를 지르더니 "야! 큰일 났다. 오늘 비번인디.. 너 때문에 사납금 채워 넣어야 한다!"며 한숨을 쉬었다. 형님의 그 모습이 아직도 생생하다. 그렇다. 형님은 새벽까지 택시를 주행해야만 하였다. 나 때문에 ㅠㅠ. 그리고 고놈의 택시 사납금….

이쯤 되면 대형 사고인가? 형님이 하늘나라로 가시는 바람에 그때 사납금 드릴 수도 없고 이것을 어떻게 갚아야 하나? 여하튼 하늘나라에서 용서해 주시리라 믿어 의심치 않는다.

창호 형님…. 참 그리운 형님이시다. 이 글을 준비하면서 혹시나 해서 예전 대학 때 찍은 사진 앨범을 모처럼 꺼내 보았다. 그 어디에도 형님 사진은 없다. 그것도 참 희한하다. 그 많은 사람 속에서 유독 창호 형님이 빠져있을까? 평범함을 거부한 범접치 못한 故 김창호 목사님. 그리울 때 꺼내 볼 수 있는 사진조차도 허용 안 하시고…. 하지만 나의 가슴속에 영원히 살아계시는 형님. 무척 그립습니다.

이제 그곳 하늘나라에선 아프지 마시고 그 좋아하시는 꽹과리와 장구를 치시며 온 하늘나라를 누비소서…. 영원히….

창호네 집들이

김준희 목사(88, 광주소원교회)

약간의 설레임과 함께 두리번거리며 아파트 복도를 걸어간다.

"형 이집인가?"
"응, 여기 같은데?"

상선이형과 함께 아파트 초인종을 눌렀다. 얼마 뒤 문소리가 난다. 창호다.

"어서 와라"
"야~축하한다, 야~ 집 좋다"

웃으며 들어가 보니 원근이가 미리 와 있었다. 즐거운 마음으로 이런저런 가벼운 이야기를 나눈다. 누군가 "이제 집 있고 차 있으니 여자만 있으면 쓰것다"며 너스레를 떤다. 거실에 있는 쿠션베개에 허리를 걸치고 누워서 유쾌한 농담을 던진다.

눈으로 집안 구석을 살피는 중 냉장고가 눈에 들어온다.

"야 창호야, 냉장고가 겁나(매우) 신기하다~잉"

냉장고 화면에 핸드폰이 커다랗게 있는 것이다.
원근이가 내게 "형 이런 거 처음보요"라고 말한다.
"응, 나도 처음 봐"라 대꾸했다.

창호는 별거 아니라는 듯 보고 있고, 내규는 옆에서 빙그레 웃고만 있다. 내심 '이걸 어떻게 사용할까?' 했는데 웬걸 창호는 꽤나 잘 사용하고 있었다. (창호가 핸드폰이나 첨단 컴퓨터 사용을 잘했던 것 같다)

"밥이나 먹으러 나가자"

창호가 약간 상기된 목소리로 나가자고 한다. 창호 집들이 겸 모인 모임이라 창호가 한턱 쏜다고 했다.
"어디로 갈까?"
"응 집 앞에 식당이 있는데 이미 예약해두었다"
창호와 함께 식당으로 간 우리(독서모임-안과밖)는 그곳에서 점심식사를 하였다. 살아가는 이야기, 목회에 대한 담소를 진지하게 나눴다.

창호는 흥분하면 입버릇처럼 "아야~생각해봐라 잉, 너 같으면 어쩌겄냐?"라고 하며 말을 시작한다. 답답할 땐 표현을 잘 안하고 침묵한다.

어느 날 핸드폰을 보고 있기에 뭐하는가 보니 주식거래를 보고 있다. "너 주식하나?" 물으니 꽤 오래됐단다.

"야, 너 직거래해? 너 대단하다. 언제 배웠대하니?"

혼자 공부했다고 한다. 그러면서 "용돈 벌이는 돼"라 말했다.

"그거 위험 안하나?"

"많이는 안 해"라고 답한다.

나중에 안 사실이지만 주식을 나름 전문성 있게 하며 알뜰하게 살았던 것으로 보인다.

생각해보면 창호는 말이 없이 혼자 자기만의 방식을 꿈꾸며 때묻지 않은 감성을 가지고 묵묵히 마치 '힘센 소'를 보는 것처럼 살았던 친구이다. 사회복지 일을 하면서도 목사라는 소명의식을 잃치 않고 살았다. 나름 고아들을 위한 목회를 꿈꾸었다.

나중에 안 사실이지만 자신의 얼마 안 되는 재산으로 장학재단을 만들 생각도 했었다니 '짧은 인생을 자기방식으로 아낌없이 소진하고 간 친구'라고 표현하고 싶다. 회고록을 남긴다고 하여 몇 글자 적어 보았다. 개인적으로 "널 볼 때마다 늘 힘이 되었던 좋은 길벗이었다"고 고백하며 아쉬움을 달래본다.

창호 형이 남긴 것

이연희(90, 초등영어과외강사)

어느 날 갑자기 전화가 왔다. 순덕이의 다급하고 재촉하는 듯한 목소리.

"연희야, 창호 형한테 늦기 전에 한 번 다녀와야겠다."

순간 "삼십여 년 동안 만나지도 않았고, 그리 친하지 않았던 선배를 만나야만할 이유는 없다"라는 생각이 들었다. "그렇더라도 가봐야 한다"라는 의무감이 들어서 병원에 갔다.

나의 무심한 마음과는 달리 창호 형은 내 손을 꼭 잡아주고 움직이기 힘든 몸을 움직이느라 애썼다. 게다가 떠지지 않는 눈을 뜨고 한 손을 얼굴 위에 올리고 눈물을 감추었다.

너무나 말라버린 창호 형은 링거로 음식을 섭취해야했고 그런 모습을 보니 몇 년 전에 먼저 가버린 공임이가 생각났다. 바쁘다는 핑계로 친한 친구인데도 병문안도 별로 못가고 공임이는 삼 년 이상 병상에 누워있다 외롭게 돌아갔다.

그래도 창호 형은 원근 목사님의 정성 덕분에 돌아가시기 전 우리 모두를 만나고 돌아가신 후에도 기억에 남는 선배님이 되시는구나! 공임이에게 미안한 마음과 안타까움이 커져갔다.

여하튼 창호 형은 우리 대학시절의 추억들을 되살려주었다. 마치 친정식구들 같은 동아리 선후배들에게 작고 강한 불씨를 던져주고 새로운 세상에서 뿌듯하게 미소를 짓고 있을 것이다.

너무 빨리 떠난 친구 창호 유감

김종옥 목사(87, 고흥세곡교회)

후배 병진이가 전화를 하였다. "동기인 창호 형 장례식에 같이 가지 않을래요?" 마음이 아팠다. 창호는 무심하게도 근 30년 동안 근황도 모르고 살아온 친구였다. 아팠을 때 가보지도 못해 너무 미안하였다. 친구 성정이랑 "같이 가자"고 하니 병진이랑 선미 네 명이 함께 조문을 갔다.

가는 길에 창호에 대한 추억담 한 토막을 풀어놓았다. 녹차를 달여 먹고 세 번이나 우려먹었던 일이랑 그의 갈문선 동아리 활동이 새록새록 떠올랐다. 이런 저런 이야기꽃을 피우다보니, 광주 장례식장에 금방 도착하였다.

후배 원근이와 친구 준희랑 친구 창호 가는 마지막 길을 지켜보았다. 끝까지 함께 한 그들이 고맙기도 하고 미안하기도 하였다. 친구 덕분에 옛 선후배들을 보니 마냥 좋았다. 멀리 서울, 인천에서도 친구들이 함께 와주었다.

친구가 가는 마지막 마당이어선지 그동안 멀리 떨어져 보기 힘들던 친구들이 많이 왔다. 그중에서도 창호를 보내는 일남이의 마음이 남달랐다. "노둣돌처럼 우리가 창호의 유지를 받들어 가자"고 아우

원근 목사가 설교를 참 잘하였다. 마지막 발인, 하관예식을 잘 꾸려가는 원근이가 고마웠다. 감정이 북받친 일남이가 "꽃처럼 부활하라!"는 노래로 조가를 불러주었다. 애써 참았던 눈물을 감출 수 없어 눈시울을 적셨다.

담소를 나누던 중 병진이가 재장궂게(얄궂게) "종옥형도 판소리 한곡 뽑아주면 좋겠다"는 말을 하였다. 그러자 원근이가 "호신 선후배들 조가를 부르는데 형도 판소리 한곡 해줄 수 있느냐?"고 하였다. 친구에게 미안한 마음이 들어 "서슴없이 알았다"고 하였다.

이튿날 아침 일찍 출발해 광주를 올라가는데, 그동안 혼자 살면서 고생한 친구 생각을 하니 노랫말도 그렇고 왜인지 가슴이 아프고 눈물이 앞을 가렸다. 전날 저녁에 미영 누나가 창호와 마지막 만났던 이야기가 생각났다. "창호야 예수님 손 맞잡고 천국 잘 가야한다. '내 영혼을 아버지 손에 맡기노라'는 기도 잊지 말구"라고 하자 고개를 까딱하더란다. 마음이 더욱 아팠다.

장례식장에서 "나는 과연 '소리'를 할 수 있을까" 싶었다. 왠지 자신이 없었다. 그런데 친구 창호가 '우리 문화를 좋아하고 우리 노래 말로 국악 찬양을 만들어 보려 했다'는 태용이 조사를 듣고 보니 내가 소리를 맡길 참 잘 했다 싶었다. 병진이랑 원근이에게 고마웠다.

“좀 더 일찍부터 알았더라면 함께 국악 찬양을 많이 만들고 풍물놀이도 실컷 해보았을 것을...” 하는 마음에 친구의 부재가 더욱 아쉬웠다. 친구 태용이의 조시를 들어보니 창호 살아온 삶이 마치 민중 예수님을 닮은 것 같았다.

이어 상선 형이 ‘날것 창호’를 그리는 이야기를 해주니 가슴이 따뜻해졌다. 많은 선후배가 마지막까지 자리를 지켜줘 친구 창호가 외롭게 하늘나라에 가지 않아 천만 다행이었다.

모두 가고 난 후 담양골 면사무소 앞 카페에서 미영 누나랑 친구 옥란, 준희랑 차를 마시면서 창호가 남긴 유언 한마디를 생각하니 참 좋은 친구로구나 싶었다. “(요 보호아동시설) 영신원 아이들을 사랑해 전 재산을 바쳐 고아들을 위한 장학재단을 만들고 싶었다. 어떻게 해야 할지 모르겠다”며 마지막까지 그는 어려운 아이들을 생각하였다.

내년 7월 7일을 기해 다시 만날 때까지 기억 문집을 만든다고 하니 너무 좋았다. 친구 장례식장에 바친 판소리 한 곡조를 되내 본다.

“친구야, 잘 가거라, *우리 친구 창호는 / 예수님 하나님 생각에 아무런 줄 모르고 / 독수공방 상사일념으로 세월을 보내며 / 내 영혼을 아버지 손에 맡기난디 / 갈까 부다 갈까 부네 / 주님 따라 갈까 부다 / 천리라도 따라 가고 / 만 리라도 따라가지 / 바람도 수여*

넘고 구름도 수여 넘는 / 수진니 날진니 해동청 보라매 / 다 죽어 넘든 골고다 고개라도 주님 따러 갈까 부다 / 하날 위에 직녀성은 / 은하수가 맥혔었도 일 년 한번 보련마는 / 우리 주님 계신 곳은 무삼 물이 막혔간디 / 이다지도 못 오신고? / 이제라도 어서 죽어 삼월동풍 제비되여 / 주님 계신 처마 끝에 집을 짓고 / 노닐다가 밤중이면 주님 만나 만단 정담을 허고 지고 / 뉘 놈들(외세) 꼬염 듣고 여영 이별이 되랴는가? / 어쩔끄나 어쩔끄나 아이고 이 일을 어쩔끄나 / 아무도 모르게 통일을 이뤄간다 / 아무도 모르게 통일 이루려 간다. /

친구 창호가 간 후 사흘간 하늘에서 꽃비가 내렸다.

김창호 목사를 기억하며

김용석(92, 나주 여휴당 당주)

호남신학대학교에서 만난 창호는 소위 '진보적인' 동아리 활동을 하고 있었다. 필자가 입학할 1992년 당시 호남신학대학에는 성서와 실천연구회, 농민목회선교회, 갈멜문화선교단 같은 동아리들이 사회선교적인 관점에서 활동하고 있었다. 두툼한 검은 안경을 즐겨 쓰던 창호는 갈멜문화선교단이라는 동아리에서 활동하고 있었다.

나중에는 노동선교를 지향하는 듯한 '공장'이라는 동아리도 생겼다. 여기에 필자는 생태선교를 지향하며 '녹색연구회'와 연극을 통한 문화선교를 지향하는 '극문화선교연구회(연극반)'를 만들어서 그 영역을 넓히기도 하였다. 풍물을 하던 창호는 마당극에 관심을 보인 적 있다.

창호와 나는 호신대에서는 그런 만남을 이어 갔다. 같은 기장교단 출신이었던 우리는 신학교 말고도 유동 YWCA 6층에서 한국기독교장로회청년회(기청)와 대한예수교장로회청년회(장청) 등이 연합활동을 하는 EYC(기독청년연합) 사무실에서도 가끔 만났다. 당시 창호는 신학교를 다녔지만 기청활동도 열심히 하였다.

내가 모 교회 교육전도사를 그만 두고 광주 가나안교회(기장)에 한동안 나갈 무렵 기억도 있다. 당시 창호는 가나안교회 청년이었다. 나는 그와 함께 청년회 활동을 하였고 나는 유치부교사를 하고 창호는 고등부 교사를 했던 것으로 기억한다.

창호는 또 기독청년연합에서 가장 활동적이었던 기독교문화선교회(기문선)라는 연합풍물패에서 꽹과리를 쳤던 것으로 기억한다. 당시 기문선은 기청전국연합회와 함께 당국의 요주의 감시단체이기도 했으니 기문선 활동을 하려면 상당한 용기를 내어야 했다. 지역에서 기문선이나 기청활동을 하면 당연히 학습 조직에도 가입해서 5.18의 실상이나 세계철학사 등을 학습해서 소위 '불온한(?)' 의식화도 했기 때문이다.

또 당시만 해도 매년 각 지역을 돌아가며 기청전국대회나 EYC(한국기독청년협의회)전국대회를 하면 해당지역의 경찰에 비상이 걸릴 정도였다. 그런 집회가 있을 때면 기문선이 선봉에서 풍물을 치며 대열을 이끌곤 하였고 창호는 상쇠를 맡아 그 중심에 있었다.

기억하기로는 창호는 집이 가난해서 아르바이트를 해서 스스로 학비도 충당한다고 했다. 그런데도 신학생이면 대부분 책값이라도 보태려고 의례히 하던 교육전도사 일은 하지 않았던 걸로 기억한다. 큰 교회라면 학비지원까지도 받을 수 있는 데도 말이다. 교육전도사 대신 알바까지 해서인지 창호는 늘 바빴다. 나도 학비에 보태려고 신문배달이나 알바를 하느라 학교에서도 얼굴을 보기 힘들 때가 많았다.

아참, 그리고 창호는 운전을 잘 해서 택시운전기사 일을 하기도 했는데 학교로 택시를 몰고 오기도 했던 것으로 기억한다. 창호는 소위 얼리 어답터(early adoptcr, 남들보다 신제품을 빨리 구매해서 사용해야 직성이 풀리는 소비자 군)이기도 했다. 입고 먹는 것은 매우 검소하게 하면서도 컴퓨터 관련 장비는 최신 것을 사용했다. 지금이라면 우리가 무거운 일반 노트북을 사용할 때 그는 가볍고 세련된 맥북을 사용했을 것이다. 나는 창호가 약간 외톨이 기질 있다고 느꼈는데 컴퓨터를 잘 다루었으니 혼자 잘 지내기에 좋았을 것 같기도 하다.

신학교를 졸업하고 나는 기장 무등교회에서 사역하였다. 주로 동남아에서 산업기술연수생이나 현지합작기업연수생으로 들어와 온갖 착취와 핍박을 당하는 이주노동자들을 위한 광주이주노동자센타를 만들어 사무국장을 맡아 일하느라 창호를 잊고 지냈다.

한참 뒤에 창호가 한신대학원에 갔다는 소리를 들었다. 결국 무난하게 일반 목회자의 길을 가나 싶었다. 그런데 나중에 신대원을 마친 후에도 교회목회는 하지 않고 고아원에서 아이들을 돌보는 일을 한다는 소리를 들었다. 어쩌면 그가 외롭고 가난했기에 고아원 일을 하나 싶었다.

창호가 고아원에서 일할 때 나는 광주 금남로 예술의 거리에서 커피전문점을 운영하고 있었다. 그는 간간이 내 커피전문점에 커피원두를 사러 오기도 했다. 그런데 "속이 별로 좋지 않다"고 해서 "커피를 너무 많이 마시지 말라"는 충고를 한 적 있다. "나 같은 놈도 결혼해서 아이들도 낳고 사는데 너같이 멀쩡한 놈이 결혼은 왜 안하냐?"고 물었더니 그냥 '피식' 웃기만 하던 기억도 난다.

먹고 사느라 또 한참동안 연락을 못하고 지냈는데 창호가 암에 걸렸다는 소식을 들었다. 그래서 한 번 찾아 보려했더니 사람들을 만나려 하지 않는다 해서 그만 두었다. 그러다가 또 어영부영 시간이 흘렀다.

그 무렵 나도 큰 수술을 하였다. 그 뒤 요양 겸해서 도시를 떠나 가족과 따로 혼자 산골에 삼칸 집을 하나 마련해 들어갔다. 간간이 염색을 하고 텃밭을 가꿔 먹고 사느라 끝내 창호 얼굴도 못보고 하늘나라로 보냈다. 염치조차 없던 나는 목사들이 대부분인 장례식장에서 꽤 취하도록 마셨다.

생각해 보니 나와 창호 사이에는 뚜렷하게 추억할 것이 별로 없다. 착하면서 조금 고집스럽다고 느끼기도 했고 전술한대로 외톨이 기질도 조금 있는 녀석이었다는 생각뿐이다. 이제 고인은 안 보이는 곳에 있고 우린 그저 보이는 곳에 있을 뿐이고 그 분의 섭리에 의지한다.

그리스도 완전 충만 일체 은혜 감사!

'풍물'을 알려준 갈문선 상쇠 김창호 선배

박장수 부쇠(88, 장성군청/궁도전문스포츠)

햇살 좋은 여름 어느 날이다. 학교 뒤편에서 꽹꽈리 북 장구 징을 말리러 악기를 모두 들고 나갔다. 눅눅해진 악기를 햇볕에 말리는데 창호 형은 막걸리 한 사발 사와 장구와 북 가죽에 발랐다. 그러면서 "가죽이 막걸리를 먹여야 잘 마르고 악성이 좋아진다"고 가르쳐 주었다.

형은 꽹과리와 징에게도 막걸리를 발랐다. 꽹과리와 징 또한 막걸리를 먹여야 소리가 카랑카랑 잘 난다는 이유에서였다. 정말로? 진짜? 그때도 의문이 들었지만 지금도 잘 모르겠다. 쇳덩어리에 막걸리를 바른다고 소리가 좋아질 리가 없을 것 같다. 하지만 하늘같은 선배 말씀인지라, 지금은 '그런갑다' 싶다.

꽹과리를 뒤집어 막걸리 잔 삼고 장구도 한 사발 나도 한 사발, 북도 한 사발 너도 한 사발, 채편도 한 사발, 궁편도 한 사발 들이키던 때가 생각난다. 지금 같았으면 '사발'이 '씨벌'이 되고 이쯤 되면 막가자는 거지.

에헤라 모르겠다. 모두 다 내 팽개치고 둘이 함께 之(갈지)자로 풍진세상을 향했을 것 같다. 그때는 차마 그렇게까지는 못하였다.

창호 형은 "'풍물'이란 단어는 고유의 우리 것. '농악'이란 단어는 농민들이나 하는 천한 음악이라고 하여 일제 강점기에 불렀던 단어. 하지만 지금의 농악이란 의미는 귀한 농민들이 하는 음악이다"라는 의미로 승화시켜 주신 분이다.

신들린 듯한 울림과 몸짓 그리고 상모돌리기 제가 알기로는 동시대에 광주전남에서 최고의 상쇠였다. 비록 지금 여기 육체는 한줌의 뼛가루로 남아 있지만 육체가 아닌 그것은 또 다른 세계의 경험을 하고 계실 줄로 믿는다.

우리들은 경험하지 못한 것을 먼저 경험하시면서 "너희들은 모르지 나는 이제 안다"라고 말씀하실 것 같다.

지구 역사 50억년을 지금의 24시간으로 계산하면 인류 탄생(2만년)은 2초. 그리고 창호 형님과 함께한 이 세상은

0.000000000000~0001초(?) <= 계산 못함.

고맙고 또 고맙고 감사하고 영광이었다.

창호 형 관련 두 가지 기억

정순덕(90, 광주참샘어린이집 원장)

창호 형, 하니

창호 형은 갈문선에서 가끔 보는 개량한복을 입은 얼굴이 큰 선배였다. 어느 날 창호 형 집에 놀러간 기억이 난다. 아마 주택 2층을 모두 쓰고 있던 것 같다. 가보니 깔끔하고 있을 것은 모두 갖춘 집이었다.

그곳에서 창호 형보다 얼굴이 더 큰 창호 형 동생 호를 처음 봤다. 나보다 몸이 두세 배나 컸는데 순진하고 곰돌이처럼 잘 웃었다.

학교를 졸업하고 삶에 집중 할 때 가끔 창호 형이 궁금해서 1년에 한 번은 전화를 하였다. 그러면 항상 반갑게 "순덕아" 하고 여동생처럼 전화를 받아주던 형이다. 자주 만나지는 못했지만 전화번호가 그대로여서 인지 가끔 안부를 묻곤 하였다.

그러고 시간이 되면 애인(이원근)과 함께 창호 형이 있는 곳을 찾아가기고 했는데 항상 똑같은 얼굴이었다. 낚시나 여행을 즐기는 우리는 진도를 가면 항상 진도대교 옆에 있는 창호 형 어머니 집에서 식사를 하고 창호 형 안부를 전해드리기도 했다.

이때까지는 항상 우리 주변에 있을 줄 알았다. 그런데 지금은 볼 수가 없어서 전화 할 수가 없어서 눈시울이 붉어진다. 지금도 가끔 눈물이 난다.

창호 형, 둘

우리가 서울에서 살다가 2013년 여름에 광주를 내려왔다. 몇 년이 지난 뒤 창호 형이 광주로 내려왔다. 그때 영신원에 근무한다며 용산 빌라로 놀러 오라고 해서 저녁에 놀러갔다. 집에 들어가니 짐이 너무 많아 사람이 사는지 짐이 사는지 알 수가 없었다.

그래도 너무 반가워 음식을 시켜서 먹고 재미있게 놀았다. 여기까지는 좋았다. 화장실이 가고 싶다고 했더니 "조금 더럽다, 그래도 쓸 수 있어"라고 해서 들어갔다. "오~~~마이 갓!"

내 눈을 의심했다. 이것은 사람집이 아니었다.(모두들 상상하는 것 이상입니다) 그 뒤로 '화장실 트라우마'가 생겼다. 용산빌라 주변만 가면 살며시 눈을 감는다. ^*^

후회

전영미(89, 담양 꿀벌농부)

저는 무슨 행사할 때 창호 선배가 치복 입은 모습만 기억납니다. 같이 활동한 기억은 없습니다. 제가 글을 쓴 이유는 학교 다닐 때의 미안한 마음을 전하기 위함입니다.

독서를 좋아해서 밥 굶어 가면서 책을 사서 읽었습니다. 하지만 경기도 군포의 교회로 가면서 책을 가져 갈수가 없었습니다. 여학생 기숙사인 선교사 사택 지하실에 놓고 갔습니다. 그런데 기숙사에 불이 났다는 소식이 들려왔습니다. 그것도 몇 년 뒤에야 알았습니다.

그 말 듣고 든 생각이 그 돈으로 선 · 후배 동료들 밥이라도 사줄걸, 간식이라도 사줄걸, 나는 그리 미련하게 살았을까, 책을 우상으로 이고지고 살았을까, 하는 후회입니다.

'내 마음이 너무 가난 했구나!' 싶고 내 생존이 절박해서 선후배에게 제대로 못한 것만 생각납니다.

병문안 (2022. 6. 20) (1)

(1)~(2) / 서혜정(91, 의료사회복지사)

토요일 저녁, 나주곰탕 '특'으로 두 그릇 사가지고 창호 형 집으로 향했다. 형은 오석회 목사님이 단톡방에 올린 말씀대로 화장실 앞에 축쳐진 몸으로 잠들어 있었다. "아침에 동생이 다녀간 이후 아무것도 먹지 못한 채 잠만 자고 있다"며 어머니께서는 걱정이 이만저만이 아니었다. 어젯밤에는 어머니께서 대변을 손가락으로 파내어 해결을 했다는 말씀을 들으며 안타까움과 속상함이 몰려왔다.

창호 형의 현재의 상태는 연로하신 어머니가 더 이상 혼자서 아들을 간병 할 수 없는 상태까지 이르렀다. 보통은 누군가 오면 반가워서 눈을 뜨는데 오전에는 선배인 오석회 목사님이 오셨지만 눈조차도 뜨지 못했다고 한다. 한 시간 정도 기다렸다가 창호 형을 불러서 깨웠다. "형, 저예요. 내가 누군지 알겠어요? 혜정이에요." 형은 한쪽 눈은 뜨지를 못했고 다른 한쪽 눈만 겨우 떠서 나를 쳐다봤다. 한 동안은 말이 없었다. '창호 형의 지금 이 모습이 마지막 모습이 될지 모른다'고 생각하니 왈칵 눈물이 났다.

형이 힘없이 "왔나?"고 말을 하였다. 어머니는 '창호가 말을 했다'고 좋아하셨다. 오늘 한 번도 소변을 보지 못했다고 해 소변을 볼 수 있도록 형을 안아서 변기 위에 앉혔다. 몸이 앙상하게 말라 있어 여자인 내가 들어 올려도 가볍게 들렸다. 한참을 앉아서 소변을 보게 했지만 먹은 게 없으니 소변은 나오지 않았다. 어머니께서 변기에 앉아있는 시간에 식사를 좀 들게 하자고 하셔서 밥 두 숟가락을 곰탕국물에 말고 고기 한 점 작게 잘라 넣어 식사를 청했다.

"창호야! 세민이 누나가 곰탕 사 왔다. 얼른 먹어 봐"
"형, 나주 곰탕이야. 맛있는 집이래 먹어봐요."

창호 형은 입을 벌렸다. 힘겹게 밥을 씹었다.

어머니는 "오매, 우리 창호가 밥을 먹네. 후배가 주니까 밥을 먹네!" 하며 좋아하셨다. 밥 두 숟가락을 한 시간 걸쳐서 먹었다. 새끼 입에 밥 넘어가는 그 모습을 보고 어머니는 좋아했다. 창호 형은 이제 숟가락을 혼자서 들 수도, 밥 알 몇 알 삼킬 기력이 없는 듯하다. 장애인 활동 보조인이 오는 평일은 그나마 다행이다. 하지만 주말에는 어머니 혼자 창호 형을 간병하고 돌보기에는 역부족이다. 오늘은 고맙게도 억지로라도 밥을 먹은 것 같다. 식사를 다 한 후 약을 먹어야 하는데 약이 참 많았다.

"요새 약을 못 삼켜라우... 어째야 쓰까요?"

나는 어머니께 마늘 찧는 방망이가 있는지 여쭸다. 어머니는 얼른 챙겨 오셨다. 방망이로 약을 가볍게 찧었다. 약을 으깨서 가루로 만들었다. 우리 애들 어릴 적에 숟가락에 약과 물을 섞어 권했더니 꿀꺽 삼킨 게 생각나 그렇게 한 거다. 중간 중간에 오석회 목사님이 사온 과일주스를 한 숟가락씩 드렸다. 주스도 잘 먹는다.

"엄마가 늙어서 이런 방법은 생각지도 못 했는데… 오매, 진작 이렇게 먹였어야 했는데…미련스럽게 '꿀꺽 삼키라'는 말만 했네"

창호 형의 어머니는 참 다정다감하신 분 같다. 갈 때마다 반가움과 고마움을 아끼지 않고 표현하신다. "원근 목사가 있어서 다행이다… 얼마나 많이 도와주는지 모른다. 세상에 그런 사람이 어디 있을까? 우리 원근 목사님 없었으면 우리 창호는 어쩔 뻔했냐?" 내가 가면 꼭 원근 목사의 얘기를 하신다.

마지막으로 세수와 양치를 했다. 내가 칫솔질을 도와주니, 형은 헹군 물을 바가지에 뱉어내며 완벽하게 양치를 했다. 입안이 개운하니 오늘 밤은 창호 형이 잘 것 같아 내 기분도 덩달아 좋았다.

"형, 월욜에 전대병원 진료하고는 요양병원에 입원해서 기력 좀 회복해서 오자" 라고 권유했더니 형이 "그러겠노라"고 고개를 끄덕인다.

잠시 후 원근과 순덕이 내외가 오자 창호 형의 얼굴은 더 밝아졌다. 오늘은 우리 창호, 호도 오고 선배 목사님도 오고, 후배들도 보러 오니 기운이 난 것 같다고 어머니는 많이 좋아하셨다. 헤어질 때 창호 형은 기분이 좋은지 우리들을 향해 손을 흔들었다.

맘씨 착하고 따뜻한 원근이와 순덕이의 손을 잡았다. 창호 형 덕분에 오랫동안 흩어져 있던 벗들을 만났다. 창호 형은 이 생에서의 삶이 얼마 남지 않았음을 조심스럽게 짐작했다. 순덕이와 올 수 있는 사람들은 한 번씩 창호 형 병문안 올 수 있게 단톡방에 글을 남기기로 얘기를 나눴다. 순덕이는 창호 형이 쉽게 먹을 수 있는 나물들을 해와야겠다고 했다. 고마운 원근이와 순덕이~~~~

우리 주님, 창호 형의 평안함을 기도합니다.^^

창호 형과 밥 (2)

학교 다닐 때 밥 많이 먹는 주현이와 창호 형은 늘 농담하며 웃을 수 있는 얘깃거리였다. 결혼 이후 한 해를 쉬고 복학을 했을 때 이제는 고인이 된 주현이와 3학년을 같이 다녔다. 가끔 아직 졸업을 못한 건지 안 한 건지 잘 모르겠지만, 여전히 호신대 학생인 창호 형이 택시 운전하다가 한 번씩 밥을 먹으러 학교에 왔다. 주현이와 창호 형, 이 둘은 서로를 보고 자기보다 더 많이 밥을 먹는 '징한 놈'이라고 했던 것 같다.

내가 태용이 형과 연애 시절 둘이 자취를 같이 해서 집에서 반찬을 훔쳐 와서 갖다 주곤 했다. 이때 창호 형은 우리 엄마가 해 준 김치며 반찬들을 먹었을 것이다. 가끔 주현이와 영주랑 밥을 같이 먹기도 하였다. 가난한 학생 부부의 신세라서 주현이에게 밥을 한 번도 사준 기억이 없다. 주현이가 갑작스럽게 세상을 떠났다는 소식을 듣고 한달음에 달려갔다. 장례식장에서 밥 한 끼 못 사준 게 어찌나 한이 되던지, 나는 처음 맞이한 친구의 죽음 앞에 '꺼이꺼이' 울었다.

멀리 타지에서 공부하러 온 친구를 위해 밥 한 끼 안 샀다는 게 말이 안 된다. 참 많이 가슴이 아프고 미안했다. 그 후론 주머니 사정이 어떻든 밥 한 끼 나누는 소중함을 알게 되었다.

밥 잘 먹던 창호 형이 위암이라는 소식은 진짜 충격이었다. 창호 형에게 죽과 반찬 그리고 마지막에 드렸던 곰탕 국물에 말은 밥 두 숟가락은 잊을 수 없을 것 같다. 창호 형 어머니와 통화할 때마다 말씀하신다.

"우리 창호 마지막 밥 먹여줘서 고마워라우"

추억이 깃든 곳을 지날 때 마다 누군가가 떠오른다.
밥 하면 이제 떠올릴 이가 더 늘었다.

내 친구 주현이, 괴짜 김창호 형, 그리고 사랑하는 우리 엄마.....

창호의 깃발 춤

김선민 목사(88, 부여 용당교회)

사람은 죽어 이름을 남긴다는 말이 창호를 보면서 실감이 난다. 창호는 살아서 보다 죽어서 더 많은 인기가 있고 관심이 있으니 창호는 한세상 잘 살다 갔음을 알 수 있다.

나는 88년 1학년에 기문연(기독교문화연구회)에 들어가 동아리 활동을 했고 내가 회장이 되었을 때 성실연(성서와실천연구회)으로 이름을 변경하였다. 광주전남 기독학생회 활동도 같이했고 92년 2월 졸업하고 장신대 목연 입학해놓고 더 이상 미룰 수 없어 군대에 갔다.

그러니 나는 창호에 대한 기억이 없다. 아니 같이 활동한 적이 없다. 같이 공부를 한 적도 없고 같이 앉아 이야기 한 적도 없으니 기억에 없는 것은 당연하다. 다만 기억이 있다면 호신에서 언젠가 마당극을 하는데 창호가 깃발 춤을 추었던 기억이 있다. 깃발을 들고 덩실덩실 춤을 추고 깃발을 위에서 사선으로 내리긋는 모습과 펄럭이는 깃발과 소리가 아주 인상 깊었다. 북소리와 깃발은 사람을 흥분시킨다.

내 친구 창호와 동생 주현이를 떠올리며

김주열 목사(87, 완주동상교회)

나는 87년도에 호신 입학하고 89년에 군에 갔다가 92년 제대하고 호신에 복학하였다. 학교로 돌아와 보니 많은 후배가 있었다. 당시 복학생으로 농선(농민목회선교회)에 가입하고 거기서 만난 동지들과 함께 활동하였다. 내 기억으로는 군대 제대하고 복학했던 선배들과 동기들, 후배들까지 여럿이 활동하였다.

그 시절에는 갈문선, 성실연, 농선 동아리가 한 가족처럼 활동 했고, 이슈가 있을 때마다 함께하였다. 지금도 가끔 농선의 석진이가 떠오른다. 우린 학교 한켠에 농사를 지었던 적이 있고, 연합수련회에서 1박을 하면서 지내기도 하였다.

복학하고 87학번 복학생들 중 훈이, 주섭이, 성정이, 창호, 종옥이, 태용이 등은 나의 자랑스러운 친구들이었다. 그 밖에 선후배들도 있었지만 그들이 가깝게 지낸 친구들이었다.

내 친구 창호는 이랬다. 우린 갈멜축제 기간에 해마다 미문화원 앞에서 농성을 이어갔다. 그런 때면 갈문선이 앞장을 서고 대중들은 뒤를 따르면서 구호를 외치고 마친 다음에 기도하곤 하였다. 이때 창호는 맨 앞에서 꽹과리를 치던 재능이 많은 친구였다.

나는 평소 창호를 멀리에서 보곤 하였다. 하지만 한번은 점심시간인데 창호가 뭔 보자기를 보여주면서 웃었다. 뭔가 보았더니 자취방에서 갖고 온 밥통이었다. 막 밥을 지어서 밥만을 가지고 와서 학교 식당에서 반찬을 얻어먹으려던 거였다. 옆에 있던 옥란이 하고 얼마나 웃었던지 배꼽이 빠질 정도였다. 창호는 이처럼 순진한 친구였다. 우리랑 차원이 다른 친구였다. 가끔은 생각이 다르다고 다투기도 했고, 위로해 주기도 했다.

또 한 번은 졸업하고 광주에서 1박을 했던 날이다. 아마 창호가 생활하던 가나안교회였을 거다. 당시 그는 교육전도사라 했다. 그러면서 교육 프로그램을 짠다고 하는데 그 모습을 보자니 좀 답답했다. 그래서 물어보았다.

“창호야, 뭐하는데 그래?”
“1년 교육 프로그램”
“네가 요런 것도 하는 거 보니까. 세상이 좋아졌나 보다.”
“응, 세상이 좋아졌으니까 내가 이러고 있지!”

‘세상이 좋아졌으니까 내가 이러고 있지,’ 이 말은 창호가 내게 했던 말이다. 87년도에 만난 동기 친구들은 아마도 창호와의 만남을 축복으로 생각하는 친구들이 많다. 특히 우리들은 그런 것 같다.

나의 호신 후배 중에는 재미있는 동생들이 많았고, 그런 형들도 있었다. 그중에서 특히 주현이를 생각해 보면 묵묵하게 옆에서 있는 듯 없는 듯 웃어주면서 때로는 조언도 아끼지 않았던 동생이었다.

어느 날 기숙사에서 있었던 일이다. 금요일 저녁인데 모두 집으로 가고 몇 명이서 집에 가지 않고 방에 있었다. 주현이가 "형, 심심한데 통닭이나 사다 먹지요."라 해서 통닭을 먹으며 밤새도록 이런저런 이야기 하였다. 그러면서 서로 잘 알게 되었다. 하여간 정이 가던 동생이었다.

그 이후는 내가 졸업하고 약 1년 정도 인천에 있을 때다. 주현이랑 연락도 못하고 살던 무렵인데 그가 별세하였다는 거였다. 그 소식을 듣고 이불 속에서 얼마나 울었는지 모른다.

창호와 주현이를 생각하면서 이 두 분 동지들을 추억하게 한 동지들에게 감사드립니다. 주님께서 부르시는 그날까지 함께 할 나의 영원한 삶의 동지들께 진심으로 감사드립니다.

창호를 생각하며

김주섭 목사(87, 인천예문교회)

창호는 신학교 축제 때 마당극을 하면서 나에게 사물놀이 징을 가르쳐 주던 친구다. 그는 항상 기숙사의 식당 밥을 곱빼기로 먹었다. 남보다 밥을 배로 먹어서 평생 먹어야 할 밥 량을 다 채워서 빨리 가버렸나 하는 생각도 해 본다.

인천교회 실버센타로 부임해 왔기에 몇 번 만나 식사를 하면서 50이 다된 노총각의 결혼관을 들었다. 그런데 들으면서도 슬펐다.

“이제는 혼자 살아 온 날보다 함께 살아 갈 날이 더 적기 때문에 결혼을 한다면 서로가 각자의 삶의 스타일을 인정 해 주면서 살아야 되지 않을까?”라고 했다. 결혼은 하고 싶었던 모양이다. 명훈이가 몇 번 아가씨를 소개 시켜주면서 애를 많이 썼는데 안타깝다.

남보다 열심히 부지런히 바쁘게 살다간 친구 김창호와 이경로 목사 후배 김주현이가 그립습니다. 잊히지 않습니다. 살아남은 우리는 부끄럽지 않게 값지게 살아갑시다.

난 창호 형에게 인생을 배웠다

양영주 목사(90, 서울제일영광교회 부목사)

창호 형에 대한 이야기를 보면서 웃음도 나고, 눈시울이 촉촉해 지기도 합니다. 창호 형 돌아가신 날, 저의 막내를 식탁에 앉혀놓고 형에 대한 이야기를 해주었습니다.

"막내야, 아빠가 너희를 데리고 여행 다니면서 고속도로에서 타이어 펑크 났을 때, 아빠가 타이어 바꿨잖아. 그거 창호 목사님이 가르쳐 주신거야..."

"막내야, 아빠가 처음으로 1990년도에 컴퓨터를 구입했을 때, 그 컴퓨터(지금도 기억난다, 삼보컴퓨터)를 저 임실 시골까지 가져와서 설치해주시고, 사용방법 알려주신 분이야."

"막내야, 아빠가 오토바이 별로 안 좋아 하는데, 아빠를 시켜서 시티100이라는 오토바이를 나주에서 광주까지 비 오는 날 몰고 가게 한 분이야, 그때 아빠를 죽이려고 했던 분이야."

"막내야, 밥 먹고 나서 음식 함부로 버리는 것 아니야, 김치며, 라면국물이며, 잘 보관하고, 아껴야 잘 산다..."

내가 배워야 할 것은 유치원이 아니라,

창호 형에게서 배웠습니다. ^^

가슴속에 해맑은 형님의 웃음이 남아 있습니다.

함박눈 내리던 새벽

김태헌(88, 자영업자)

창호 선배를 보내고 돌아오는 길에 '호신에서의 4년 동안 창호 선배와 나는 어떤 추억이 있을까' 곰곰이 되짚어 보았습니다. 그러다가 둘만이 아는 비밀스러웠던 창호 선배의 짝사랑 아닌 짝사랑이 생각나 웃음이 나왔습니다. 이제는 하늘나라에서 좋은 사람 만나게 될 테니까 이 얘기를 해도 괜찮겠지요. ^^

제가 장성 백운교회 교육전도사로 있을 때니까 90년도 겨울 1월이나 2월쯤 되겠네요. 그날 새벽엔 함박눈이 펑펑 쏟아졌습니다. 새벽기도를 마치고 방에 들어와 잠시 눈을 부칠까 하고 드러누우려고 하는 순간입니다. 누군가 창문을 두드리는 소리가 들렸습니다.

창문을 열어보니 창호 선배였습니다. 머리에는 하얀 눈이 가득하고 몸은 꽁꽁 얼었는지 얼굴이 빨개져서 "문 좀 열어 달라"하였습니다. 얼른 현관문을 열고 방으로 들어서 "웬일이냐?"고 물어보니 광주에서 고물 자전거를 타고 장성까지 그 새벽에 왔던 겁니다. 마음에 연모(戀慕)했던 여인이 있던 거였습니다.

창호 선배는 그 마음을 남 목사님과 사모님께 얘기하고 조언을 구했던 것 같습니다. 그 이후로 어떤 얘기가 오갔는지는 모르겠습니다. 창호 선배는 아침을 거하게 먹고 광주로 다시 출발하였습니다.

연모했던 여인과는 끝내 만나지 못했던 걸로 압니다. 마음에 두고 있던 여인을 만나기 위해 밤새 고민하며 그 새벽 눈보라를 헤치며 달려왔던 창호 선배는 어떤 마음이었을까요? 지금 생각해도 때 묻지 않는 황순원의 소설 「소나기」에 나오는 그 순수한 소년의 마음이 아니었을까 생각해 봅니다.

그 자취집

오석회 목사(87, 광주열음교회)

여태 그 집이 잘 있나 몰라
산기슭에 죄 없이 납작 엎드려 있던 그 집이
비바람에 떨어진 찔레꽃 같은 친구들의 이름
돌계단 하나에 하나씩 호명하며 올랐었지
오르다 보면 얼굴은 붉어지고 두 주먹 불끈 쥐어졌지
문자 속을 몰라 판금서적이 안심되던 주인할머니
밥은 먹고 사냐며 김치를 건네던 손
몽당 빗자루처럼 뭉뚝해서 불쑥불쑥 서러웠지
라면 값 토큰 값 아껴 모은 책들 장맛비에 젖어
번개탄에 연탄불 피워 말리다 목메였지
이불 뒤집어쓰고 손전등으로 전태일 평전 읽다
새벽, 충혈된 눈을 별빛이 씻어줬지
해종일 시위하다 쫓겨 와 감 떨어지는 소리
후다닥 뒷문으로 튀다 발목 다친 집이었지
좋은 세상 오면 함께 새벽을 맞자던
달맞이꽃 같던 여자에게도 끝내 비밀이었지
나중에 아이들 손목 잡고 순례하듯 찾아오리란 다짐으로
바닥난 봉지쌀 위안 삼았지

한 평 남짓한 부엌 수챗구멍을 뒤지던 겨울 생쥐
달달 떨던 그놈을 차마 어쩌지 못하고 먹던 밥 덜어줬었지
아침이면 풀리고 풀리어서 세상으로 갈라져 나간 길들이
저녁이면 되감겨 돌아와 한 상에 둘러앉아
도란도란 깊어가는 집을 세우는
단꿈에 젖던 집
마음에 접어둔 책갈피 펼칠 때마다
환하게 떠올라
이 세상 책장 덮는 날 암도 몰래 홀로 머물다
가고픈
그 집
여태 그 집이
왜 자꾸 떠오르는지 몰라

창호는 완판 되었습니다

류상선 목사(86, 광주슬기교회)

54년, 그가 이 땅을 걸어 간 세월입니다.
내 친구인 그는
54년을 마음껏 다 살았습니다.

젊을 적, 자전거를 타고 두 손을 놓은 채,
신문을 보며 등교를 하고,
오토바이가 생긴 뒤론 목포에서 서울까지
오토바이를 타고 다닐 만큼
그는 젊음의 삶을 마음껏 다 살았습니다.

위암수술을 받은 다음에도 상당한 기간 동안,
새벽 3시에 일어나 광주에서 목포로
어떤 불평도 없이, 새벽기도 차량봉사를 다닐 만큼
그는 목사로서의 삶도 마음껏 다 살았습니다.

위암수술과 또 이어지는 몇 차례의 뇌수술,
그리고 4년 가까이 진행된 투병생활.
그 사이에 그는 처음으로 날마다 자신을 찾아오는

친구를 만든 후, 세상을 떠날 만큼
그는 아픈 사람으로서의 삶도 마음껏 다 살았습니다.

보내는 아쉬움은 남은 친구들의 것일 뿐,
그는 54년을 마음껏 다 살았습니다.
그의 삶은 그 시간으로 매진되었습니다.

창호는 완판 되었습니다.

그 때 우리는....

- 먼저 간 님들에게

정영석 목사(89, 구례의곡교회)

그 때 우리는 늘 봄이었습니다.

모진 비바람 서슬 퍼런 겨울 냉기에도
맞잡은 님의 손 서로의 온기가 있었기에
배고프고 서러운 날들도 따스울 수 있었습니다.

어둠이 덮이고 별 빛마저 사라져가도
마지막 불씨를 태운 님들의 열정으로 인해
우리는 길 잃지 않고 밝히 갈 수 있었습니다.

정의와 평화가 입 맞추는 세상을 위해
님들은 몸을 내주고 작은 디딤돌 되어
우리가 조심스레 딛고 갈 수 있었습니다

모두가 비록 이해하지 못하고 수군댔지만
님은 꽹가리 잡고 우리는 북과 장구로 신나는 한마당
님들의 노래 속에 통일 세상 평등 세상이 있었습니다.

잠시 잃었던 웃음 꽃

자유, 평화, 나눔,... 대동 세상
기억의 파편들이 살아나 꽃피기 시작했습니다.
꽃처럼 다시 피어난 기억 속에
님들과 우리는 늘 젊은 청춘

하늘의 꽃이 된 님들의 세상은
우리의 낮보다 찬란합니다.

님들이 있어서 우리는 늘 아름다운 봄입니다.

그 때 다시 만나자...

정영석

그때에 만나자
모든 자들이 육신의 허물을 벗고
벌거벗은 모습으로 각자의 빛을 발할 때

그 곳에서 만나자
찬란한 영광 앞에 아무것도 숨길 수 없는 곳에서
젊은 모습 그대로 만나자

거기서 못 다한 이야기를 하자
변함없이 웃는 얼굴로
우리 그렇게 만나보자

항상 그 날을 기다리련다
네가 못 다한 노래를 부르며
네가 못다 꾼 꿈을 꾸며
네가 못 다간 그 길을 걸으며

그날을 기약하련다

결코 서러워하지 않으리라
더 이상 눈물을 보이지 않으리

그래 세상 멋지게 살다가
너처럼 홀연히 하늘에 별이 되어
그렇게 어느 날 꿈처럼 만나리...

창문 너머의 기억

서동욱 목사(91, 대전알곡교회)

그 시절 나는 창밖에 서 있었습니다.

창문 안을 보면서
내게는 왜 저런 안락을 누리는 삶이
주어지지 않았을까,
불평했습니다
내게 없는 것만 생각하고
불만을 가졌던 어린 시절이었습니다

그때를 견딜 수 있도록
함께 해줬던 이들이 있었는데,
왜 소중한 것을
알아보지 못하고 지키지 못했을까

나는 고귀한 그 기억들이
창문 밖 세월의 흐름을 따라
멀어져 가는 모습을 지켜봐야 했습니다
황급히 손을 내밀어 잡아 보지만

손 안에는 단지 미소만이 남았습니다
이제는 경계 너머로 멀어져 희미합니다

다시 만날 그때 하지 못한 이야기를 할 수 있겠지요
오늘 밤은 꿈을 꾸었으면 좋겠습니다
꿈속에서 그들의 고운 미소를
다시 볼 수 있었으면 좋겠습니다

우리에겐 벗들이 있다

이옥란(87, 장성 사회복지사)

무섭고 두려웠던 그 해 2020년! 2020년 생각만 해도 눈물이 난다. 한창 어여쁘고 생기발랄할 내 딸이 어느 날 악성림프종이란 진단을 받았다.

너무 무섭고 두렵고 세상이 무너져 버린 나에게 그 무엇도 위로가 되지 않았다. 먹지도 못하고 잠을 잘 수도 없고. 그때 혜정이가 전화를 해서 위로를 해주는데 그게 그렇게도 위로가 되었다. 그래서 지금도 혜정이에게 미안하고 고마운 마음이 크다.

그렇게 힘들고 보니 또 내가 유방암이란 진단을 받고 수술을 했다. 딸이 아파 있는 터라 나의 아픔은 손가락 베인 정도의 아픔도 되지 못했다.

그런데 수술하려고 병원에 누워 있을 때 창호가 위암이 재발하고 혜정이가 재발했다는 소식이 들려왔다. 그 즈음 단톡이 만들어져 위로와 격려를 전하는 글들이 올라오고 걱정해 주는 전화가 오고 난리가 났던 것 같다.

서글펐지만 마음이 따뜻했고 소중한 나의 벗들이라는 생각을 많이 했다. 암! 걸려 보지 않고는 그 공포와 두려움은 아무도 모른다. 이젠 누구든 걸릴 수 있고 누가 걸려도 이상하지 않는 병이다. 하지만 사람을 두렵게 하는 위력은 상상을 초월한다.

누구에게나 닥칠 수 있는 그 힘듦을 어떻게 이겨 낼 것인가? 결국 소중한 사람들에게서 위로 받고 그 힘듦을 이겨내야 할 것이다.

우리는 창호를 통해 우리에게 어떤 어려움이 닥칠 때 함께 할 수 있는 벗들이 많다는 것을 깨달았다. 그래서 이제 남은 우리의 삶은 훨씬 따뜻하고 외롭지 않겠지. 두려움도 서로 위로하며 이겨낼 수 있겠지.

길 위를 달리던 형

정병진 목사(90, 여수솔샘교회)

창호 형,

내 기억 창고에서 그를 찾아보았다. 낡은 일기장, 사진첩을 다 뒤져 보았다. 기이하게도 형을 언급한 그 어떤 글귀도, 그와 함께 찍은 사진 한 장도 없었다. 학부 신입생 시절 난 풍물패 동아리인 갈문선(갈멜문화선교단) 활동을 하였다. 창호 형은 갈문선 창단 멤버였고 그때 휴학 중이었지만 학교에는 이따금 찾아왔다. 그런데도 오월 갈멜 축제 때나 민중노래 발표회 사진에서도 형의 얼굴을 찾진 못하였다. 어찌된 일일까?

그 무렵 창호 형은 학내 활동보다는 기청(EYC, 한국기독청년협의회)과 기문선(기독교문화선교회) 활동에 주력하였다. 가끔씩 형 모습을 보긴 하였지만 가깝게 만날 기회는 그리 많지 않았다. 어쩌다 동아리방에 들르면 당시 동아리를 이끌던 장수 형과 더불어 신들린 듯이 쇠를 치는 모습을 보여주곤 하였을 뿐이다. 형은 학교 올 때면 늘 자전거를 타고 왔다. 시내에 자전거 도로가 나 있지도 않던 시절인데 그는 자전거로 사방을 누비고 다녔다.

나는 장수 형에게 쇠를 배우고 있었다. 하지만 풍물에 썩 끌리진 않았다. 할수록 나와는 잘 맞지 않았다. 그래서인지 상쇠 중의 상쇠인 창호 형의 쇠 치는 솜씨에서도 큰 자극을 받진 못하였다. 그해 11월경 끝내 성실연(성서와실천연구회)으로 동아리를 옮겼다. 때문에 창호 형을 가까이 만날 기회는 더욱 크게 줄었다.

창호 형은 90~93년까지 휴학하다가 94~95년 군 복무를 하였다. 그는 휴학하면서 택시운전을 하였던 걸로 기억한다. 어떤 날은 택시를 몰고 학교에 들르기도 하였다. 선글라스를 끼고 허리색을 찬 형은 영락없는 택시 기사 아저씨였다. 나는 창호 형이 신학에 뜻을 둔 게 맞는지 의문이었다. 학교를 계속 맴돌면서도 신학공부를 하는 것도 안 하는 것도 아닌 어정쩡한 상태로 보였기 때문이다.

그러던 형이 1996년 복학하였다. 그때는 내가 4학년이라 세 동아리(갈문선, 성실연, 농선)를 이끄는 위치에 있었다. 그해 삼월경일 거다. 장성 백운교회로 세 동아리 연합 모꼬지를 갔는데 그날 창호 형이 참석하였다.

그 무렵에는 세 동아리 모두 활동이 시들해진 상태였다. 새로 들어오는 후배가 몇 명 되지 않아 명맥 유지조차 힘들어하던 시기다. 사실 창호 형은 진즉 졸업했어야 할 대선배였다. 그런데도 형은 모꼬지에 참석해 모든 순서에 조용히 따라주었다. 후배들을 위해 선배의 권위도 다 내려놓고 겸손히 참여하는 형의 모습이 인상적이었다.

아마 십 년도 전쯤이었을 거다. 그때까지 노총각 신세를 면치 못하던 형이 너무 안타까웠다. 가까운 동기 여전도사를 소개해줬다. 그 여전도사는 만나보고 싶다는데, 창호 형이 단박에 거절하였다. 이유인즉 '경상도 여자라서' 싫단다. 경상도 사람에게 자신을 설명하고 이해시키자면 힘들다는 거였다. 창호 형이 장가를 못 간 건 눈이 높아서였다는 사실을 그때 알았다. 그때 서로 잘 되었다면 그토록 빨리 떠났을까 하는 아쉬움이 크다.

창호 형을 가장 최근 만난 건 2015년 2월 태용 형이 우간다 선교사로 나가기 전 장성에서, 그리고 그해 원근 형네와 연희 형수랑 여수에 놀러왔을 때였다. 그때만 해도 아무 이상 없이 건강해 보였다. 요한 형이 사준 장어탕을 함께 먹고 오랜만에 담소를 나누던 기억이 새롭다.

형이 투병 중일 무렵이다. 곁에서 수발하던 원근 형에게 듣자하니 창호 형은 한신대 신대원을 다닐 때 광주에서 수유리의 신대원까지 오토바이를 타고 갔단다. 상상만 해도 아찔하였다. 그 먼 길을 오토바이를 타고 가다니! 상선 형과 준희 형에 따르면 첫 수술을 마친 뒤 아픈 몸을 이끌고 광주에서 사역하던 목포 성림교회까지 새벽기도를 다니기도 했다고 한다. 그러면서도 형은 힘든 티를 전혀 내지 않았다고 들었다. 기인이 아니고서야 어찌 그런 무모한 짓을!

창호 형이 마지막 근무한 곳은 광주 요 보호아동시설 영신원이다.

광주 영신원을 소개해 준 건 친구 일남이 형이었다. 광주 영신원 창립자가 서경자 권사이고 그의 딸이 일남 형 곁님이다. 일남 형이 창호 형을 그곳 사무국장으로 소개한 건 그런 사연이 있었다.

나는 최근에야 광주 영신원에 대해 알게 되었다. 영신원 출신 중에 5.18에 참여한 세 분이 계셨다. 5.18 당시 '투사회보'를 제작해 배포하다 27일 YWCA에서 계엄군 총탄에 맞아 돌아가신 박용준 열사, 그의 친구 서한성 집사(광주 무등교회), 그들이 친형님처럼 따르던 YWCA 신협 상무 김영철 열사가 바로 그들이다. 네 분 중에 박용준, 서한성은 고아 출신이고, 김영철 열사는 영신원 간호사의 아들이었다.

창호 형이 한창 투병생활을 할 무렵에야 비로소 원근 형에게서 창호 형의 복잡한 가정사를 들었다. 형은 고아는 아니었지만 거의 그와 비슷한 처지의 삶을 살았다고 한다. 이런 사실은 87학번 동기들조차 아는 이가 드물었다. 창호 형이 영신원에서 마지막 사역을 한 게 과연 우연이었을까 싶다. 그는 투병 중에도 자신의 유산을 그곳 출신 아이들을 위해 쓰기 원하였다고 한다.

솔직히 나는 형을 크게 오해하였다. 형이 제법 많은 재산을 모았다는 사실에 경악하였다. "목회자가 무슨 그리 돈 욕심이 많았나, 골병 들지 않게 자신의 몸이나 잘 돌볼 일이지... 참 바보 같은 형이다" 이런 생각이었다. 그런데 그게 아니었다. 형은 악착같이 벌어 어렵고 소외된 아이들을 위해 쓰고 싶었던 거였다. 그런 목회를 하고자 하였다. 그의 고운 속뜻도 모르고 중병을 키운 형을 탓하기 바빴던 내가 부끄러웠다.

돌이켜보면 형은 자전거로, 택시로, 오토바이로, 버스로 끊임없이 예수의 길을 부지런히 달리고 있었다.

아! 그 분이었다.

류상선

호남신대를 다닐 때 나는 광주광역시 남쪽의 소태동에서 학교를 다녔다. 집 앞에서 버스를 타고 전대병원 앞에서 내려 학교까지 약 1 킬로미터 정도는 걸어가는 등굣길이었다. 소태동에서 우리 집은 '행운수퍼'라는 작은 가게를 하고 있었다. 등교 전, 등교 후 아주 조금씩 나는 가게를 보면서 가게 앞의 도로 풍경을 잠시 구경하기도 했다.

어느 날 수퍼의 도로 앞으로 한 사람이 놀라운 광경을 연출하며 가는 모습이 보였다. 그 사람은 두 손을 놓고 자전거를 타고 있었다. 이것도 놀라운 묘기이지만, 이 정도의 묘기를 하는 사람은 드물지 않았다. 그런데 거기에다가 자전거를 놓은 두 손으로는 신문을 보고 있었다.

신문의 문장을 잠시 읽고, 신문 너머로 앞을 확인하고 다시 신문을 보고 하면서 발은 자전거 페달을 돌리면 앞으로 나아가고 있었다. 엄청난 묘기였다. 지금이었다면 "생활의 달인"에 나와야 하는 장면이었다. 아버지는 가끔씩 그 분을 본 모양이었다. 그러면서 아버지는 그 분의 묘기에 대해 이렇게 짧은 감탄을 하시고 하였다. "미친 놈! 사고 나면 어쩌려고..."

이 사람이 그렇게 자전거를 타고 가실 때는 모든 동네 사람들이 감탄사를 연발하였다. 그 감탄사를 모아보면 다음과 같다. "미친 놈, 어이가 없네, 저러다 큰 일 나지." 등... 감탄사를 연발하였다. 하지만 이 모든 것은 탁월한 능력을 가진 그 분의 재능에 대한 부러움에서 쏟아내는 말이라고 나는 생각했다. 더구나 그 분은 그런 묘기를 부릴 만한 외모를 가지고 있지는 않았다. 날렵한 몸매라기보다는 얼굴은 크고 키는 작달만 했었다. 그렇지만 그 몸으로는 불가능해 보이는 놀라운 운동신경을 보여주는 분이었다.

더구나 이 사람은 인기관리에도 철저했다. 날마다 그 묘기를 보여주면서 출근하지 않았다. 가끔씩 아주 가끔씩만 그 놀라운 광경을 동네 사람들에게 선물하였다. 날마다 보여주면 금방 식상해지는 것이 세상사의 섭리 아니던가? 그것을 환히 깨닫고 있던 이 사람은 아주 가끔씩만 그 묘기를 동네에 선물하였다. 그래서 그 묘기가 펼쳐지는 날이면 동네 사람들은 자기는 갖지 못한 재능과 용기에 대한 부러움에 "미친 놈"이라는 부러움 섞인 신음소리를 토해내곤 하였다.

전남대를 '퇴학'당하기 전에 나는 '자퇴'하는 자랑스러운 결정을 하고 1990년 2학기에 호남신대 1학년으로 입학하였다. 그리고 "성서와실천연구회(성실연)"라는 연구는 조금 하고, 운동을 오히려 많이 하는 동아리에 가입하여 활동하였다. 어느 날 성실연과 친밀한 또 다른 동아리인 "갈멜문화선교단"이라는 동아리에 놀러 갔다.

한참 인사를 하고, 이야기를 나누고 있는데 문이 열리면서 조금

큰 얼굴에 작달만한 키, 큰 안경과 두툼한 입술을 한 사람이 들어오는 것이었다. 많이 보던 얼굴이었다. 여기서 만나다니...

"아! 그 분이었다."

창호와 오토바이 (1)

(1)~(3) / 박일남(88, 광주 부드러운직선 대표)

어느 때인지 기억도 흐릿하다. 뜬금없이 창호한테 연락이 왔다. 아마 창호가 한신대 다닐 때쯤일 거다. 광주 어딘가 이력서를 내러가는데 점심쯤 갈거니 얼굴이나 보자는 거였다. 오랜만이라 “오케이”하고 기다리는데 창호는 오후 2시인가에 도착하였다. 웬걸, 오토바이를 타고 왔다.

같이 밥 먹으러 가는데 창호가 뭔가 이상했는지 오토바이 뒤에 묶어둔 짐을 확인하더니 자켓이 사라졌단다. 아마도 면접을 보러 양복바지에 정장 자켓을 입고 오다 더웠는지 아님 불편했던지 오토바이 뒤 짐칸에 묶어둔 게 바람에 날아갔을 거다. 하여 둘이 서방시장인가 어디의 파크랜드에 가서 창호 바지 색상과 맞는 윗자켓만 겨우 사정해서 샀다.

그런데 창호는 “나 집에 좀 갔다 올게” 하였다. “헐! 집이 진도인 건 나도 아는데 서울에서 내려올 만큼 거리인데 갔다 온다니!” 진짜로 창호는 진도 집에 갔다가 그날 밤 8시경에 다시 광주에 나타났다. 그날 난 생각했다.
“이 새끼하고는 상종을 말아야지.”

꼬꼽쟁이 창호 (2)

창호가 서울 살던 시절 "시설하고 복잡한 관계도 있고 노인복지관에서 일을 하는데 더럽다고 광주 가고 싶은데 어디 시설에서 일할 데 없냐?"는 거였다. 마침 영신원(장모님이 원장하실 때)이 생활 지도사 겸 과장급을 뽑는데서 창호가 시설에서 일을 하고 자격증도 있으니 강력추천을 했지.

그래서 창호는 영신원에서 일을 시작하였다. 애들하고 축구도하고 대회도 데리고 다니고 엄청 일을 잘했지. 근데 과장인데 내가 소개를 하고 3개월도 더 지났는데 밥 한번 먹자고 안 해서 내가 옆구리를 몇 번 찔렀지.

그제야 밥 한 번 우리 식구들 하고 먹자는 거야. 그래서 동네 소문난 곱창집에서 우리 식구 5명하고 6명이 앉아서 먹었는데 암튼 13만원 이상 나온 것 같다. 근데 문제는 여기에 있다.

우리 마누라 왈_"자기야! 오늘 밥값 창호 씨가 낼까?"
나_"아따 당근 지가 내겠지"

결국 내가 카드 긁었다.

"꼬꼽쟁이 창호시끼."

꿀꿀이죽 라면 (3)

88년 겨울이었다. 친구 작은아버지가 택시회사 사장이고 친구는 거기서 경리를 보고 있다. 면허는 있기에 납부금도 벌고 용돈도 벌 겸 "택시 한 대 달라"고 해서 방학 때면 택시운전을 하였다.

89년 겨울인가 그럴 거다. 확실치는 않다. 창호가 택시를 시작하였다. 아마 내가 돈을 잘 번다고 했던 거 같다. 암튼 창호는 택시를 운전하고 돈을 번다고 하였다.

그런데 저녁시간 때쯤이면 학교에 오는 거였다. 그럴 때면 후배한테 식당에서 식은 밥 얻어놓고 김치까지 얻어 놓으라고 해 놓았다. 그런 뒤 기숙사도 아니고 지하 동아리방인가 어딘가에서 먹곤하였다.

어느 날은 라면을 끓이는데 하나도 아니고 반만 넣고 푹 삶는 거였다. 내가 물었다.

"배고플 텐데 하나도 부족하잖아?"

창호 왈 "그럼 배불러서 운전을 못해야.."

그러고는 김치 넣고 밥 넣고 족히 3인분은 될법한 꿀꿀이죽을 다쳐 먹었다.

"징한노므스끼!"

진도 촌놈 창호에겐 왠지 정이 더 가더라

문: 정병진

답: 류요한 목사(87, 여수기쁨있는교회)

□ 창호 형 관련 떠오르는 에피소드 있으면 이야기해 보세요.

창호는 특별히 같이 긴한 이야기를 나눌 그럴 자리가 없었기 때문에 어떤 재미있는 에피소드 같은 건 없어. 그냥 우리가 들으면서 같이 웃고 막 그렇게 한 거는 있지. 옥란이가 얘기한 것처럼 같이 활동하며 웃고 그런 기억만 있지. 그런 거 외에는 특별한 건 별로 없어.

□ 87학번 동기잖아요. 87학번 동기라고 다 가깝게 이야기하고 지내고 그러지 않잖아요? 그런데 창호 형을 언제부터 알게 된 거에요?

기문연(기독교문화연구회)이라고 하는 동아리를 처음에 같이 하며 알게 됐지. 그거 하다가 이제 창호가 갈문선을 따로 만들지. 그러다가 다시 농선이 만들어지고 그렇게 한 것이지 처음에 그렇게 나눠져 가지고 만들어진 건 아니야. 처음에는 기문연을 같이 하고 급속도로 만들어진 거야. 그때 호신 동아리에 현신(현대신학연구회)가 있었거든. 근데 우리가 현신에 들어가진 않았어. 우리는 따로 동아리를 만든 거야.

□ 기문연을 창호 형이랑 같이 시작했잖아요? 물론 87년이 '6월 항쟁'이 있었을 정도 그 세대가 가장 뜨거웠던 시기이긴 한데, 1학년 때 '그런 동아리를 같이 만들자'고 자연스레 의기투합이 된 건가요? 그 과정을 좀 더 자세히 알려 주세요.

그 과정은 내가 정확히 기억은 안 난다. 그냥 동아리를 갑자기 만들었고 얼마 있다가 두 개(기문연과 갈문선)로 나눠지고 그 다음에 좀 있다가 농선(농민목회선교회)이 또 다시 만들어졌거든. 기문연을 하다가 아마 필요에 따라 만든 것 같아.

□ 형은 왜 기문연이라는 동아리를 만들 생각 했어?

내가 만든 게 아니라, 석희가 "같이 하자"고 그래서 "그러면 하자" 그렇게 한 거야. 그냥 특별히 어떤 목적이 있는 게 아니었지. 그냥 "이런 시대 상황 속에서 우리는 해야 되겠다, 하자" 그런 거야.

□ 학교에 들어갈 때 어떤 사회의식이 있었다든가 그랬나요?

특별한 의식을 갖고 있었다기보다는 각자의 경험과 생각, 그런 거였지. 이미 다 시위도 해 봤고 잡혀가서 얻어맞기도 하고 어쨌든 그런 것들을 다 당해본 사람들이야. 한 번쯤은 시위 광경을 지켜도 봤고, 시위하던 대학생들이 당한 걸 지켜보고 말리다가 얻어맞기도 해

보고 그랬지. 다 그런 경험이 있어. 신학교 입학하기 전에 5월 달 되면 그런 현장을 지켜봤고 다 그랬기에 동아리를 자연스레 만들었던 거 같아.

나 같은 경우는 학교 가기 전에 한열(이한열 열사)이랑 같은 동에 살았어. 광주 서석동 살았거든. 그 어머니(배은심 여사)가 누구지 개인적으로 몰랐는데, 그 어머니와 내가 같은 동네에 살고 있는 걸 알았지. 그러니까 이제 우리 같은 시대에는 한열이 그때 그 사진만 봐도 막 눈물 났던 때였거든. 한열이 엄마가 "한열아, 집에 가자!"고 울었어. 우리는 그냥 그 말만 듣고도 눈물이 났던 시대의 사람들이야.

그 분이 장례 치를 때 "한열아, 집에 가자!" 그러고 통곡했단 말이야. 그래서 막 눈물 나는데 알고 보니 그 집이 우리 집 옆이야. 아무 관계없는 사람이지만 충격이었지. 같은 이웃집 같은 동 사람이잖아. 그걸 알고는 갑자기 아무 관계도 아니지만 마음이 확 가더라. 이처럼 뚜렷한 사회의식이 있어서가 아니라 자기도 모르는 사이에 그런 게 들어와 있었던 거야.

□ 광주에서 고등학교를 다녔어요?

아니 나는 고등학교도 안 다녔지. 내가 맨 처음 학교 간다고 갈 때 호신으로 갔어. 가서 한 학기 만에 내가 나왔어. 잘렸어. 그래 갖고 나 이제 공부해서 그냥 일반 대학하고 장신대 신대원 가야 되겠다고 그랬어. 그때 마침 우리 교회 다니던 사람이 장신대를 가더라고. 나도 그러려고 그때 재수하고 있었지. 근데 학교는 내가 6개월도 채 못 다니고 그냥 내가 자퇴한다고 했어.

사실 내가 전주에 있는 사범대도 합격했어. 하지만 안 가고 있다가 결국 그 학교에 못 갔어. 그다음 87년도에 "이제 시험 쳐서 장신대로 가라" 그러더라고. 그때 마침 광주에서 내가 5.18 관련 시위 그런 것들을 내가 한 2~3년쯤 겪어봤기에 광주를 못 떠나겠는 거야. 그런데 마침 "이제 호신이 신대원을 갈 수 있다"고 하더라. "그러면 내가 굳이 멀리 갈 필요가 뭐가 있냐, 그냥 호신으로 갈란다." 그런 거지. 또한 실은 내가 개인적으로 광주에 남아야 할 수 있는 어떤 계기가 있었어.

들어가서 특별한 모임도 안 했어. 그러다가 창국이, 석회도 만나고 그랬지. 실은 석회가 이제 그 작은 역할을 좀 많이 했지. 그런 동아리 같은 거 나는 꿈도 안 꿨지. 그런 거 생각도 안 했어. 그런데 석회가 "모여서 이제 해야 된다"라고 했고 선호도 같이 호응했지. 선호는 객지에서 왔기 때문에 지가 자취하고 그러면서 더 적극적이었어.

선호 성격이 강하거든. 그래서 아주 적극적이었고 그렇게 선호가 뒷받침 됐고, 창국이가 중간에 서 주고 해서 우리끼리 모인 거야. 그러다가 경호도 모이고 해서 "이제 우리끼리 한번 해볼까" 그러더니 "그래 하자"고 해서 동아리가 된 거지. 그렇게 지내다가 이제 1년 지나고 후배들이 들어왔지. 그 뒤 차근차근 후배들이 오기 시작했어. 시대가 우리를 만들어낸 것이었지.

□ 현신(현대신학연구회)가 있는데 굳이 따로 동아리를 만든 이유는 뭔가요?

그 이유는 정확히 모르지만 우리가 볼 때 현대신학연구회가 좀 문턱이 높았다고 볼 수 있지. 오래 되면 교조가 되잖아. 그런 형태가 눈에 보였고 그러니까 이제 식상했던 거지. 우린 그냥 순수한 사람들인데, 앉아서 무슨 이념 공부하는 거보다도 그냥 몸으로 행동하는 걸 좋아한 사람들이었지. 기면 기고 아니면 아닌 거였지.

가령 내가 1학년 입학해가지고 총학 회의할 때 앞에 가서 싸우며 난리를 쳐버렸거든. 그때 회장이 누구였냐면 옛날 여천○○교회 그 사람이었어. 그러자 2학년 선배들이 나를 불러가지고 식당 뒤에서 한바탕 쇼가 있었지. "너 새끼야 조심해, 어디 1학년 새끼가 와가지고 감히 회의 할 때 나와 가지고 그랬냐?"고 하더라. 입한 지 두 달밖에 안 된 1학년이 총학 총회를 발칵 뒤집어놓았으니 오죽했겠어? 화장실 뒤로 불러 "이 새끼, 앞으로 가만히 있으라"며 우격다짐하려 들었지. 그래서 "어디서 진짜 뭐 그런 소리 하고 있냐, 나 맞는 건 문제가 아니지만 선배들이 그러면 쓰겠냐? 내가 틀린 말했으면 지적을 해 달라, 그러면 내가 무릎 꿇고 사과 할게" 그랬지. 그런데 아직까지 이해를 못시켜 주더라.

무슨 문제였는지 정확히 기억은 안 난다. 아무튼 재정비리 문제를 내게 걸렸어. 그래서 총학 총회할 때 손들고 한 20분 남짓 악을 쓴 거지. “내가 신학교를 이런 거 보려고 왔냐, 도대체 부끄럽지 않냐 말이야? 난 정의가 뭔지는 잘 모르겠지만 어찌 이런 추잡한 짓을 하냐?” 4학년 뒤집어서 결국 비리 잡아냈거든. 2학년 땐 기독서점 장로가 돈 떼먹은 사건 갖고 싸웠지. 그러면서 학우들 신임을 얻어 우리들의 대중성이 생긴 것이지. 그러면서 차츰 학교 학생회도 뒤집혔어. 1학년 때부터 그런 싸움을 해서 내가 야성 기질을 강하게 갖게 됐나 봐. 그런 걸 기반으로 동아리도 만들고 그런 거야.

□ 또 가장 기억에 남는 사건이 있으면 이야기해 보세요.

89년에 우리가 단식 9일간 하고 우린 삭발까지 하고 거리로 나갈 때였어. 그때 석회, 태헌이, 선민이... 한 스무 명은 단식했을 거야. 우리가 앞에 서서 나갈 때 학생들이 음악과 포함해가지고 채플 참석한 사람들이 거의 다 따라 나갔어. 그때가 이철규 의문사가 알려진 때였지. 전대병원 앞에 시신 놔두고 그 앞에 사람들이 다 텐트 치고 앉았었거든. 그때 우리가 나갔어.

단식 9일 만에 학교에서 나와 가지고 전대 병원 앞에까지 나갔지.

그때 우리는 매일 채플 때마다 보고했어. 단식하면서 누가 쓰러졌고, 누가 어떻게 됐는지 학우들에게 알린 거야. 한 번은 내가 앞에 나가서 "내가 또 살아 있네요" 그런 말도 했지. 진짜 나는 밤에 죽은 줄 알았거든. 아침에 눈 뜨니까 살았더라고. 그래서 그런 걸 보고하면서 우리는 치복 입고 앞장서서 거리로 갔지.

그때 단식 시작한 건 우리 학교가 가장 먼저 했어. 그러면서 그게 들불처럼 번졌지. 우리가 그날 깃발 들고 나갔을 때 채플에 참석한 우리 학생들 대부분(300명 이상)이 따라 나왔고 나가니까 가톨릭신학대학도 왔더라. 전대병원 앞에서 만났지.

그게 TV에 나와서 우리 담임목사(순천제일교회 박정식 목사)가 불러서 "너 데모하냐? 정치하지 마라" 그러더라. 그래서 "정치 안 한다" 그랬지. 그때 아동부 전도사였는데 삭발하고 올라가서 설교하고 그랬어. 처음에는 가발을 썼지만 안 되겠더라고. 그 다음 주에 갔더니 우리 교사들이 TV뉴스에 내가 나왔다고 그러더라. 그래서 그냥 가발 벗고 삭발한 상태로 설교했지.

□ 그때 단식하고 전대병원 앞에 나갈 때 길놀이 풍물을 창호 형이 한 거야?

그렇게 생각했는데 장수(88학번)가 했다니까 그 말이 맞는 것 같아. 그때는 89년 때니까 장수가 있을 때였지. 우리가 채플 끝나고 밖에 딱 나오니까 줄 섰거든 대열로 섰는데 앞에서 풍물 한 번 하고 그다음에 출발한 거야. 그러니까 그 풍물의 위력에 다들 따라 나오는데 교수들도 왔지. 전대 앞에 가가지고 기도하고 거기서 황 총장(황승룡 총장)이 축도를 했어. 그 길거리는 전부 다 차량 통제하고 다 천막 치고 단식하였을 때지. 근데 그 단식의 출발점이 우리 학교였어. 우리가 불을 지핀 셈이지.

그다음부터 밤마다 총장과 교수들은 학생들이 잡혀가면 "우리 학생이"라며 데려오고 그랬어. 하동안 교수도 학생들과 함께 있다가 경찰이 학생이라고 착각해 얻어맞고 그랬지. 지금도 그때 거리에 앉아가지고 다들 기도하면서 구호 외치고 그러는데 그 앞에서 황 총장이 축도하던 장면이 눈에 선해.

□ 형이 참석한 87년 광주 한빛교회 5.18 추모 예배 그 현장에는 창호 형이 있었나요?

있었을 거야. 창호가 기장(한국기독교장로회) 출신이잖아. 5.18 추모예배 한다는 방이 붙어 있어서 그날 나는 혼자서 갔어. 여럿이 가면 잡힌다고 해서 다들 따로따로 간 거거든. 그렇게 참석했는데 정확히 기억은 안 나지만 호남신대 학생 몇 명이 있었어. 실은 예배 끝나고 나와서 망월동으로 가려고 거기에 모인 거였어.

광주의 기독교계가 다 모여 기자회견도 하고 그랬지. 예배 마치고 나와서 대오를 갖추고 노래 부르고 막 깃발 들고 섰는데 바로 문 앞에서 최루탄을 쏴버린 거야. 다들 도망치느라 난리가 아니었지. 나는 계단을 올라가다 보니까 그게 지붕이었어. 그렇게 한 5명쯤 뛰어 올라 갔어. 숨 쉬려고 올라간 거야. 숨을 쉬고 있는데 갑자기 지랄탄이 툭 발이 떨어지더니 지랄탄이 막 돌아버리니까 피하려고 막 뛰었지. 그러다가 할 수 없이 밑으로 뛰어내렸어. 나름 잘 뛰어내렸다고 생각했는데 나중에 보니 발목이 완전 골절됐더라고. 그걸 모르고 그냥 지팡이 짚고 걸어 다녔어. 기독병원에 갔더니 "이건 위험한 상태다. 수술이 힘들다" 그러더라. 그러다가 "너 신경 안 떨어지고 핏줄 안 떨어지는 게 다행"이라면서 바로 수술해서 겨우 치료했지. 정말 감사한 일이야.

□ 창호 형 하면 떠오르는 게 뭐예요?

나한테는 떠오른 것은 걔가 풍물 시작할 때의 그 모습이야. 언제였는지는 잘 모르겠는데 막 풍물을 시작하는데 이 녀석이 앞에 나가서 풍물패를 이끌고 나가기 시작하는 그 가늘어진 춤사위 장면이 머릿속에 자꾸 떠오른다. 장수도 상쇠를 했고 어쩌면 장수가 더 많이 했을 것 같아. 근데 장수보다도 창호가 떠올라. 그게 어떤 첫 기억이라서 그런 것 같아.

창호의 엉거주춤하면서 이렇게 첫 시작할 때에 들어가는 흔드는 몸동작 나는 그것이 떠올라. 늘 그 모습이 아련하기도 하고 그러지. 창호랑 단 둘이 깊은 대화를 한 것도 없고 늘 보면 웃고 지나고, 웃으면서 창호한테 “너 옷이 그게 뭐냐?” 이런 정도 이야기한 거 밖에 없었지. 다른 특별한 것은 없어. 창호와 나는 87학번 동기만 나이는 다섯 살 차이가 난다. 하지만 창호에 대해 나는 진짜 애틋한 그런 게 있어. 왜냐하면 비록 창호에게 직접 표현은 못했지만, 진도 촌놈이라 그런지 왠지 다른 애들보다 더 정이 가더라. 순수한 촌놈들 보면 마음이 가는 거 있잖아. 속 깊은 얘기 나누고 그런 건 아닌데 밉지 않고 귀엽기도 하고 창호는 승민이와 뭔가 다른 애틋한 게 있었어.

□ 87학번은 몇 명이었고, 창호 형 학교 수업 들을 때 모습은 어땠나요?

우리 학번이 80명 정도였지. 수업 할 때는 거의 생각이 안 나. 왜냐하면 항상 내가 앞에 앉았기 때문에 내 옆 사람들 말고는 잘 보이지 않았어. 뒤에 앉은 창호 모습은 보지 못했지.

□ 기문연 활동하면서 어디 놀러 갔거나 이런 기억은 없나요?

꽤 많았지. 놀러 가고 그런 건 명기가 잘 알 거다. 우리가 만날 모여서 여기저기 가고 농활도 가고 활동을 많이 했어. 신년이면 해보러 간다고 중봉 올라가고, 겨울에 동아리 애들 다 데리고 올라가서 거기서 말뚝 박기하고 그랬지. 신안도 태헌이네 집까지 놀러 간 적도 있어. 태헌 집 가서 고기 잡아 먹고 같이 놀고 그랬지. 여수 화양면 승민이 집에도 가서 밤에 그 집에 자고 선민이 집도 가고 그랬어.

□ 혹시 주현 형은 잘 모르신가요?

주현이는 잘 모르겠어. 태용이 까지는 알지. 주현이가 좀 늦게 들어왔나?

□ 주연이 형이 88학번인데 아마 한 학기 다니고 군대를 바로 가버린 것 같아요.

그럼 모르겠다. 나는 동아리에서 같이 활동하고 그런 기억은 적게 나고 여럿이 어울리면서 막 웃고 놀던 그런 것들이 생각난다. 석회나 창국이가 좀 더 기억이 있는가 모르겠다. 후배들과 연결을 잘 하고 이리저리 교량 역할을 많이 했던 게 명기였다. 이만큼 후배들을 키워왔던 것도 중간에서 명기가 다 역할을 잘 해왔기 때문이지.

창호 형은 검소했고 내실 있던 사람

문: 정병진
답: 정회열(89학번, 회사원)

□ 형, 추모문집 발간 위해 회비 입금 감사합니다. 하지만 돈만으로 모든 것을 다 끝내려고 하지 마십시오. 우리가 그런 사이입니까? 형은 글을 써줘야죠.

미안해, 글이나 마나 내가 평신도고 요즘 생각도 잘 안 나는데.

□ 이전 쓴 일기장을 잊어버렸다는 둥 그러는데 그건 핑계 아닌가요?

아니, 집에 불이 나서 내 책이랑 다 없어졌지.

□ 그거하고 상관없이 '기억'은 머리에 남아 있잖아요. 그걸 이야기 좀 해 줘요.

내 기억이 그냥 가물가물 해가지고. 훌륭하신 우리 목사님들 많으신데 내가 어찌...

□ 아무튼 주현이 형 세상 떠났을 때도 그날 다들 너무 충격을

받았는데 광주기독병원 앞에 형도 같이 있었던 기억이 내가 나거든.

영석이 자취할 때 주현 형이랑 같이 빈대 생활 좀 가끔씩 했었지. 주현 형 돌아가신 아침에 기독병원 앞에서 남부 강력계가 부검했었어. 거기 옆에는 있었지. 부검에 들어가려다가 나는 안 들어갔고 명기형인가가 들어갔다.

□ 형이 주연이랑 자취도 같이 했고 그랬다면 또 추억도 있겠구만요.

그러니까, 근데 나도 기억이 가물가물해 갖고 근데 창호 형은 내가 한신대 대학원 다닐 때 도서관에서 본 적 있다. 또 학부시절 창호 형이 자취할 때 집에 가면 당구 큐대로 이것저것 다 조작을 했던 그 기억이 난다.

□ 재미있는 기억이네요?

"앉아라, 커피 한 잔 할래?" 그러면 당규 큐대로 "자, 커피" 이렇게 하든가 당구 큐대로 걸어 건네주고 그랬어. 쉽게 말하면 당구 큐대가 방안의 스위치 같은 거야.

또 오산 한신대에서 만났을 때 창호 형이 오토바이 타고서 "광주 간다"고 그런 적도 있었지. 내가 "어떻게 그 먼 데까지 오토바이를 타고 갑니까? 엔진이 아작 나지 않나요?"라고 했지. 그러자 "괜찮아,

괜찮은 시골길로 해서 막 가니까"라고 그러더만. 날씨가 수시로 바뀌니까 우비(비옷)도 보여주고

□ 형도 그럼 오산 한신대를 다녔어?

대학원 다녔었지, 종교문화학과.

□ 그러면 추억이 많겠네요.

근데 그렇게 많지는 않아. 기억이 그냥 통상적인 기억이니까.

□ 통상적이지 않은데요? 좀 더 이야기 해봐요.

창호 형이 고막원교회 와서 풍물치고 그런 것들도 생각난다.

□ 추억이 많군요.

내가 어떻게 그걸 어떻게 표현을 못하겠네. 나도 창호 형 생각하면, 그때도 추모곡 부르는데 눈물이 나더라고. 창호 형이 너무 안타깝고, 특히 형이 저기 원근이랑 우리 아버지 돌아가셨을 때 어떻게 알았는지 오셨더라고. 그때 진짜 고맙더라. 사실 나는 이제 학교 졸업하고 동아리랑 연이 끊겨버렸잖아. 거의 끊기다시피 했는데 창호 형, 원근이, 정훈이가 어떻게 알고 왔더라고.

그래서 내가 상호 형 그때 아팠을 때 '간다, 간다' 하면서도 이상하게 못 가봤어. 그래 갖고는 그냥 그게 마음 한 구석에 항상 죄책감으로 남아 있더라고. 어쨌든 '장례식장은 꼭 가겠다, 짐승이 아니고서야 가야 되지 않겠냐?' 하고 그때 다녀왔지.

□ 형 아버님이 지병으로 돌아가셨어요?

노환으로 3년 전에 돌아가셨지.

□ 어머니는요?

어머니는 지금 집에 누워 계시고.

□ 학창시절 형 집안 형편이 무척 어렵지 않았나요?

어려웠지. 나는 나주 고막원교회 출신이지만, 누구는 사례비를 받고 어쩌고 했다는데 나는 전혀 그런 게 없었어. 우리 교회에서 내가 처음으로 호남신학교에 들어갔어. 보통은 신학생이 나오면 모교회에서 교통비도 챙겨주고 그러잖아? 나는 그런 게 전혀 없었어.

동아리에서 전도사들 사례비를 똑같이 나눠 썼다는 사실, 나는 몰랐는데 그 취지는 진짜 좋더라. 정말 좋은 거였는데 '야 이랬었구나!' 싶기도 하고 '그럼 나는 뭐였지?' 이런 생각이 딱 들더라고.

□ 형은 교육전도사를 안 했잖아.

나는 2학년 때인가 광천교회에서 오라는 거 안 갔지.

□ 형은 왜 학교 다니면서 교육 전도사를 안 했어?

4학년 때인가, 졸업할 무렵 서광주교회에서 했다. 딱 한 번 했어. 졸업한 뒤 안양에서도 좀 했고.

□ 창호 형에 대한 추억을 좀 더 자세히 말해 봐요. 아까 창호 형이 당구 큐대로 어떻게 했다고 하였는데….

창호 형이 지원동인가에서 자취를 했었지. 그 방에 가면은 "야 들어와!" 해갖고 굉장히 따뜻하게 "야 인마 앉아, 뭐 마실래?"라고 묻곤 했지. "커피를 먹겠다"고 하면 그대로 자리에 앉아서 당구 큐대로 360도 회전을 해서 어디 놓여 있는 커피를 걸고는 잡아당겨 전해 주는 거야. 방바닥에 앉아서 절대 안 일어나. 그땐 뭣도 모르고 선배들 따라다닐 때니까 1~2학년 때쯤이야. 창호 형이랑 시국토론을 했거나 학습을 하고 그랬던 기억은 없어.

□ 어디에 같이 놀러 간 적도 없어?

놀러 간 건 없었고 백운교회 추수감사 행사 때 본적이 있지. 창호 형이 항상 앞장서서 풍물을 치곤했어.

□ 창호 형의 쇠를 치는 모습을 보면서 뭘 느꼈어?

하여튼 형이 좀 겸소하고 자기 일을 굉장히 열심히 했어. 한신 신대원 준비할 때 호신 본관 지하 독서실 있잖아? 거기서 엄청 열심히 공부하더라. 자리에 가 보면 성경이 시커멀 정도로 밑줄을 긋고 옆에 막 쪽지 같은 거 다 붙어 있었어. 그토록 열심히 공부하고 그랬는데 9학기 다녔다는 게 이해가 안 돼.

□ 택시 운전을 오랫동안 했지.

광주 신흥택시가 우리 고등학교 동창 친구 아버지가 운영하던 곳이야. 그것도 나중에 알았어. (류)성환이도 자취하면서 택시 좀 했었는데, 창호 형이 거기 자취방에 와서 가끔 자고 간 적도 있지. 교회 앞 어디에 택시를 대 놓고, 다녀가곤 했어.

일남 형하고도 코드가 잘 맞았던 걸로 기억해. 그래서 둘이 자주 만나서 얘기하고 그랬고, 학교 다니면서도 아웃사이드로 생활했지. 일남이 형도 좀 그런 게 있었잖아. 집안에 여유가 좀 안 됐는지 어쨌든 자기 독립생활을 많이 했었지. 우리가 공부하러 학교에 가고 있으면 창호 형이 선글라스 끼고 손에 가죽장갑 딱 끼고 택시운전하면서 "어디 가냐?"고 묻기도 하고 그랬지.

□ 형이 한신대 대학원 종교문화학과에 다닐 때 창호 형이 도서관 사서를 했다고? 그 이야기 좀 해봐요.

종교문화학과가 좀 희귀한 학과야. 서울대 종교학과, 한신대 종교문화과, 그 다음에 한국정신문화연구원이 있지. 그곳에 진학해서 졸업은 못했고 1년 조금 더 다녔어. 그 시절 도서관에 가면 창호 형이 사서로 일하고 있어서 만나 인사하곤 했지.

□ 그 시절 창호 형 모습은 어땠어?

그때도 여전히 검소하게 단벌 신사였어. "어디 가느냐?"고 물으면 "광주 간다"며 오토바이 타고 가고 그랬지.

하여튼 장호 형에 대한 기억은 굉장히 좀 발랄했고, 솥단지 그것도 나도 알지 대식가였어.
또 형이 마당극 같은 거 대본도 잘 썼어. 마당극을 하면 창호 형이 항상 대본을 썼지. 광주 유동에 EYC 사무실이 있었고 형이 거기 자주 들락거렸어.

□ 형한테서 창호 형에 대한 새로운 기억이 나오네요. 창호 형이 쓴 마당극 제목이 뭐였는지 기억이 나요?

쌀값 인상과 수세 문제, 그 다음에 우르과이라운드(UR) 저지 농산물 수입 그런 걸 다룬 마당극이었어. 근데 재미나게 만들어냈지. 해남 산이면 농활 갔을 때 창호 형이 쓴 대본으로 마당극을 했어. 그때 내가 동네 방송 마이크 잡고 농활대가 알릴 일이 있으면 알리고 그랬지. 그때 했던 마당극이 굉장히 인상 깊은 마당극이었고 내가 그 대본을 좀 바꿔가지고 우리 모교회(나주 고막원교회)에서 그걸 다시 한 적도 있어.

□ 형 아버님 돌아가셨을 때 알리지도 않았는데도 창호 형이 원근이 형과 함께 찾아간 걸 보면 창호 형이 형을 아꼈던 거 같네요?

그렇지. 표현을 안 했을 뿐이지, 나를 걱정도 많이 해주고 그랬어. 형이 싫은 소리도 한 적도 있지. 충고였지. 말하자면 "열심히 하라"고 했어.

□ 뭘 열심히 하라는 거였어?

동아리 활동 열심히 하고 그러라는 이야기였어. 또 창호 형이 한신 신대원 다닐 때 아삼육으로 함께 다니던 형이 한 명 있었어. 나이 좀 먹어 가지고 남들은 장가가는데 그 형도 장가를 못 가고 있어서 그랬는지 동병상련이라고 그 형이랑 자주 어울렸지.

하여튼 창호 형에 대한 이미지는 검소했고 자기 일에 대해서 굉장히 남들 보기와는 달리 내실 있게 한 사람이야. 좀 실속이 있다고 해야 되나, 그 다음에 머리가 좀 비상했고 (마당극) 대본, 막 이런 거 쓰는 거 보면 뛰어났어.

□ 창호 형이 컴퓨터 쪽으로 상당히 또 밝은 사람이었고 논문도 그쪽으로 썼잖아. 그거에 대한 기억은 없어?

글쎄 도서관에 가면 항상 컴퓨터 만지고 뭔가 하더라마는, 그런 쪽으로는 잘 모르겠어.

창호, 열심히 살았잖아, 그럼 된 거지.

명 훈 목사 (87, 안산광성교회)

□ 명훈 목사님, 반갑습니다. 정병진입니다. 내가 형님의 지워진 기억을 재생시켜주려고 연락을 했습니다.

겁난다, 겁이 나.

□ 1987년 창호 형, 성정이 형하고 형이랑 임수강 형이랑 "우리 풍물패를 만들어 보자" 그렇게 창호 형이 꼬드겼잖아? 그래서 갈문선 만들었지요. 그래서 초기 활동하던 사진도 남아 있더만. 근데 그 사진에는 창호 형은 없고 경화 누나, 용희 형 이렇게 있던데, 창호 형은 왜 그때 안 갔어?

그때가 내가 2학년 때 지리산으로 MT(모꼬지) 가서 찍은 사진이지. 남원 육모정 있는 그쪽으로 갔어. 창호도 같이 갔다. 창호가 사진을 찍었으니까 사진엔 없는 거지.

□ 그래서 지리산 모꼬지 때 재밌게 놀았어?

창호가 기획해갖고 밤에 담력 훈련도 하고 그랬어. 조를 짜가지고 막

다리 밑에 숨어 있다가 지나가면 또 발 잡고 막 그런 거야. 화장실 안에 있는 글자 찾아오라고 미션을 주면 화장실 안에 숨어 있다가 놀래 주고 뭐 그런 거였지.

□ 유치하게 놀았네요?

유치하게 놀았지.

□ 사진 보니까 북, 장고 같은 풍물을 다 들고 갔던데 거기서 연습을 했어?

그렇지 연습도 좀 했어.

□ 갈문선 만든 지 일 년 됐던 시점인데, 창호 형은 언제 휴학했어?

만날 했어. 창호는 1학년 1학년 다니고 휴학하고 또 한 학기 다니고 휴학하고 이래서 그냥 휴학해도 학교에 있고 학교 다녀도 휴학했고 그랬지. 창호가 휴학을 언제 했는지는 정확히 모르지.

□ 1학년 때 형이 봤을 때 창호 형 인상이 좀 어땠어?

촌놈이지 뭘. 보면 딱 3등신이지, 얼굴에 몸통에 다리.

□ 근데 그 창호 형이 사람을 좀 많이 가리는 편이 아닌가요?

창호가 사람을 가린다? 난 모르겠다. 그건 못 느꼈어.

□ 원근이형 말에 의하면 고등학교 때 폭행을 당했다고 그랬잖아. 이빨이 다 일곱 개나 나갔고. 그 사건 뒤로부터 창호 형이 좀 말도 없어지고 엄마도 멀리하고 그랬다던데...

나 그 말 처음 들어봐. 창호가 고등학교 다닐 때부터 집에는 잘 안 갔던 걸로 안다.

□ 진도에 있던 창호 형네 집에 놀러 간 적 있었잖아요. 여관과 식당하고 있었잖아?

식당하고 있을 때 갔지. 처음에 여관 했고 그 다음 식당 했고 그다음 민박집 했고 그랬을 거야. 식당 할 때 하고 민박집 식당 할 때 한 번 가고 민박집 할 때 한 번 가고, 또 우리 애들이 한 번 창호 외삼촌 집에 보성 율포도 한 번 가고 그랬을 거다.

□ 여러 번 놀러 갔군요. 그때 성정 형 말에 의하면 창호네가 힘들게 사는 줄 알았더니 그거 아니네? 이렇게 좀 생각을 하였대.

당연히 그랬을 거야. 창호가 집에 한 번도 안 가고 하루에 한 끼로 다 때웠잖아. 근데 우리가 부모에 대해서도 전혀 모르는 상태에서 처음으로 "낚시 가자"고 해서 창호네 집 놀러 간 거였어. 진도에 가면 녹진이라는 데가 있어. 해남 우수영에서 진도대교를 넘어가면 진도 녹진이야. 그 녹진이 이제 버스 내리는 데니까 사람들이 들어오는 입구이기도 하고 길목이야. 근데 그 녹지에서 횟집하고 있으니까 나름 잘 사는 집으로 보였지.
게다가 창호가 자기 집에 친구들을 부른 적이 없잖아. 근데 횟집을 하는데 친구들이 온다니까 부모가 놀라서 얼마나 잘 차려놨던지 횟집에 육해공군이 다 와 있는 거야. 그때 갈비에다 엄청 먹었지.

□ 그래서 집도 나름 잘 사는 편인데 왜 학교에서는 그렇게 밥을 많이 먹는 건지 좀 이상하게 생각하였겠네요?

그러지. 창호는 집에다 손 안 벌리려고 하루에 한 끼만 먹는 거였어. 집에다 손 벌리기 싫어서 그런 거였지.

□ 부모가 맞이했다고 그런 거 보니까 창호 형 아버지도 만났나 보네요?

그렇지. 그땐 창호 아버지가 살아계셨고 얼굴은 창호랑 똑같이 생기셨지.

□ 그래서 창호 형이랑 그때 낚시 좀 하고 그랬어?

낚시는 영주하고 성정이랑 함께 갔던 기억난다. 재밌는 기억이 많았어. 진도 창호네 집 가서 낚시하는데 영주 아버지 교회 차 봉고차 타고 갔다가 강진인가에서 배기가스 걸려가지고 벌금이 한 40만 원 나왔어. 그 당시에 우리가 그거 내느라고 한 5만 원씩인가 걷느라고 아주 힘들었지. 그때는 40만 원이면 큰돈이잖아.

□ 창호 형이 주로 기문선과 EYC 활동을 했잖아.

그렇지. 기청에서 활동 많이 하기도 하고 기청 안에서 '기문선'이라고 기독교 문화선교단 활동을 고등학교 때부터 했지. 그때 창호가 풍물을 접하고 학교 와서 풍물패를 만들자고 한 거지.

□ 갈문선 시절 형은 북쳤는가?

그렇지. 성정이는 부쇠, 수강이와 경화, 옥란이가 다 장구를 쳤지. 그 외에도 은주라든가 여러 명 있었어. 여자애들 다 들어와 한 번씩 왔다 갔는데 꾸준히 활동한 것은 이제 옥란이 경화였지.

□ 풍물 전수 받으러 남원도 가고 그러지 않았어?

남원으로 갔지. 강원도로 가기도 하고 또 기문선 애들이랑 같이 연합으로 가서 연습하기도 하고 그랬어. 옥란이 아버지 회갑 잔치 때 완도까지도 가고 그랬던 것 같다. 그때가 우리 1학년이었을 거야. 그 때 풍물 들고서 버스 타고 올라왔던 그 완전 구불구불 그랬던 길 생각난다, 비도 왔어.

□ 해남 산이면으로 농활을 갔고 거기서 창호 형이 마당극 대본을 써서 마당극도 했다던데...

그때 나는 창호랑 같은 파트가 아니어서 마당극 기억은 안 난다. 나는 영걸이 형이랑 같이 농민들 교육시키는 그쪽이었을 거다. 그때 동네 주민들하고 파트가 각각 나눠져 있었어.

그때 아마 전대 기생(기독학생회)랑 같이 갔을 거야. 당시 상선이 형이 이름이 '유일신'이었고 영걸이 형이 '왕걸'인가 그랬어. 창호 초상집에서 영걸 형이랑 만나니까 갑자기 그때 생각이 나더라고.

□ 회열 형에 따르면 창호 형이 마당극 대본을 잘 썼다던데...

창호가 마당 대본을 잘 쓸 놈이냐? 잘 쓸 놈은 아니다.

□ 창호 형이 택시 운전을 오랫동안 했잖아. 택시 운전할 때 간간이 학교 한 번씩 왔잖아요.

만날 와서 학교에서 밥 먹었지. 걔가 돈을 얼마나 아끼는데 다른 데서 사 먹겠냐? 택시운전 할 때 창호 무용담이 뭐냐면 그렇지 않아도 밥 먹을 때 돼서 학교를 가야 되는데 딱 산수오거리에서 커브 틀다 보니까 어떤 사람이 택시를 세웠는데 양림동 양림오거리 가자 그랬다는 거야. 그래서 그 손님 태웠는데 가다가 한 300미터 가니까 또 합승 손님이 있었는데 바로 "학교 가자"는 손님이었어. 그래서 "내가 학교 오면서 두 사람 태우고 왔다"고 장랑삼아 말하면서 그러고 밥 먹더라.

□ 말하자면 아주 운수 대통한 날이었네?

그런 거지 뭐

□ 학교에서 밥 먹을 때는 주로 창호 형이 형이랑 같이 밥 먹었구먼.

밥 많이 먹긴 했지. 나중에 창호가 택시 기사하면서 갈 데가 없으니까 기숙사에 빈대 붙어 살았던 적도 있어. 그 때는 우리 방 사람들이 창호 때문에 그냥 식권을 공유했지. 우리 방은 창호가 하루에 한 끼만 먹으니까 안 되겠다 싶어서 식권 전체 모아놓고 그냥 나갈 때 식권 빼서 밥 먹으러 가는 걸로 한 거야.

□ 그러니까 형이 창호 형 밥을 많이 챙겨준 셈이네?

나는 군대 갔다 와서 96년이나 97년 무렵 대학원 다닐 때 창호랑 같이 살기도 했어. 우리 형이 같이 신대원 동기인데 결혼하는 바람에 신혼부부랑 살아야 되잖아? 그래서 어쩔 수 없이 그러니까 나랑 이제 창호랑 호랑 주로 살았지.

□ 창호 형이 한신대 신대원 준비를 4학년 도서관에서 열심히 공부했다던데...

도서관에서 열심히 입시 준비를 했지. 창호가 4학년 독서실에 있을 때는 자취방이 따로 없었어. 그냥 4학년 독서실에서 내가 군대에서 갖고 온 침낭이 있었거든 그거 속에 들어가 잤지. 독서실에 있을 때 창호 일화가 있다. 창호는 저녁에 쌀을 불려놔. 나 그런 놈 처음 봤는데, 4학년 독서실이 지하에 있고 항상 난로가 있었잖아. 그 난로 위에 주전자 물 끓여 놓고 그러면 불려놓은 쌀을 다음 날 아침에 컵라면에 넣고 그거 부어가지고 먹은 놈이 창호다. 라면에 쌀이 쌀 들어가야 된다고 그렇게 먹은 거야. 제 나름 중요한 방법이었지.

□ 창호 형이 그렇게도 생활했구나.

창호가 얼리어답터야. 아무리 어려워도 항상 장비는 다 좋은 거 샀어. 창호가 한신대 신대원을 준비할 때 영어 공부를 어찌했느냐면 우리는 보통 신학 강독을 하면 신학 원서를 놓고 사전 찾아가며 해석하고 그러잖아. 창호는 책 전체를 컴퓨터로 타이핑해버려.

□ 창호 형이 가나안교회 전도사 때도 방이 아닌 교회 사무실인가 주방인가에서 생활했다던데…

교육관인데, 요즘 말로 하면 식당 겸 교육관 방이 있고 식당 주방 시설 돼 있는 그런 데 살았지.

□ 집안 형편이 그렇게 어려운 집도 아닌 것 같은데 창호 형 생활은 만날 그러고 살고 있어서 무슨 의문이 들지 않았어?

아니, 어느 정도는 알았지. 걔는 명절에 오토바이 타고 진도 가잖아 그러면 "집에 갔다 올게" 하고 갔다가 점심 먹고 좀 있으면 왔어. 부모님께 딱 얼굴 한 번 비추러 가고 그냥 올 정도로 집하고 담벼락 쌓고 살았지.

내 개인적인 추측은 고등학교 때 아마 독서실 살면서 신문 돌리고 우유도 돌리고 그랬던 거 같아. 그 시절부터 창호는 보름달 빵 하나에 몇 킬로칼로리, 샌드위치 빵 하나에 몇 킬로칼로리, 우유 하나에 몇 킬로칼로리 이런 거 계산해서 먹곤 했어. 하루에 사람 필요한 열량이 몇 킬로칼로리인지 계산해서 먹은 거야. 그러니까 창호는 보름달 빵은 몇 킬로칼로리, 샌드위치 빵은 몇 킬로칼로리 이런 걸 다 외웠어. 또 창호는 절대 음식을 못 버리는 스타일이지. 그만큼 음식을 소중하게 생각하니까.

□ 그랬군요.

그렇게 사니까 밥도 사람이 하루에 어느 정도 먹으면 산다 하는 거 아니까 돈 아끼려고 한 끼만 먹은 거지. 창호가 밥을 많이 먹은 게 아니라 세 끼를 한 끼로 먹은 거야. 남들이 볼 때는 이제 어마어마하게 많이 먹는 것처럼 보일뿐이지. 라면 한 번 끓여 먹으면 3~4개 끓여 먹곤 했어.

□ 그러니까 창호 형은 하루에 한 끼만 먹었네?

하루에 한 끼 주로 점심을 먹었어.

□ 그러니까 남들이 볼 때는 '왜 이렇게 많이 먹나?' 그렇게 오해를 한 거구만.

많이 먹기도 해. 창호가 라면을 한 번에 먹은 최고 기록이 아홉 개야. 보통은 서너 개를 먹는데, 우리가 집에 놀러 간다고 했더니 제 딴에는 라면 끓려 대접한다고 아홉 개를 한 번에 넣은 거야. 근데 창호가 얼마나 먹는가 보려고 우리가 "다 밥 먹었다"고 안 먹어버렸거든. 그러자 창호가 끓여 놓은 라면이 아까워 못 버리니까 그걸 다 건져 먹었어. 국물이 남아도 그것도 안 버려. 나중에 밥 말아 먹지.

□ 창호 형이 한신대 신대원 진학한 뒤부터는 별로 교류가 없었어?

가끔 올라가서 만났지. 또 창호가 광주 만날 오니까 종종 만났어. 창호가 제 동생 호와 싸우고 몇 달 동안 서로 말도 안하고 지낸 적 있는데 그때 제 인생을 후회한 적도 있다. 제 동생이 결혼한다고 했을 때였어. 창호와 동생 호가 열살 차이야. 근데 이제 자기가 생각할 때는 어린놈이 철이 없게 보인 거지. 자기는 아버지하고 어머니 그런 관계 때문에 집에 손 안 벌리고 자기 힘으로 다 해서 살았잖아.

근데 어느 날 동생이 이제 대학 올 때 집에서 돈을 보태줘 가지고 집을 얻은 게 있어. 진월동에 2층 전체를 얻은 거지. 그때 동생하고 같이 살았어. 동생 호가 나주 동신대 수학 교육학과 다닐 때였어. 그런데 창호가 볼 때 동생이 부모님께 납부금은 납부금대로 용돈 용돈대로 다 타 쓰고 하는 모습을 보니 철딱서니가 없었지. 그러다가 창호는 신대원을 갔어.

근데 어느 날 동생이 졸업할 무렵 찾아와서 결혼하겠다고 그런 거야. 창호는 결혼을 반대했지. 네가 좀 벌어서 결혼 자금을 만들어 놓고 결혼을 해야지 지금까지 부모 손 벌리고 다녀놓고 또 결혼한다고 하면 또 부모 손 벌리는 거 아니냐고 이 결혼 반대를 하니까 동생은 동생대로 형이 돼서 축하는 못 할 망정 반대하니까 열 받고 그랬던 거지.

그렇게 호가 일찍 결혼을 했어. 그 즈음 창호가 나랑 밥 먹을 때 펑펑 울더라. 당시 자신은 애써 벌어놓은 전 재산이 전세금 4천만 원이 전부였거든. 근데 보니까 동생은 집에 다 손 벌리고 "해달라"는 대로 다 해주고 결혼할 때는 빚내서 해주는 거 보고 내가 인생을 못 살았는지 모르겠다며 펑펑 울더라고. 창호가 그렇게 산 놈이야.

또 창호는 가난한 교회에 대한 집착이 굉장히 강했어. 왜 그랬는지는 몰라. 나 내 개인적인 생각은 고등학교 때 그 교회가 뭔가 창호한테는 준 게 있었던 거 같아. 그러니까 신학교 와서도 가나안교회로 계속 나갔잖아. 그러다가 그 교회 교육전도사와 전임전도사까지 했지. 그러다가 잘렸어.

□ 왜 잘렸어?

전임 전도사 하다가 그만둘 때 되니까 잘린 거지. 너 같으면 전도사다 잘리면 다른 교회 전도사 나가잖아? 근데 창호는 그 교회 청년으로 계속 출석하면서 교사도 했어.

□ 희한하네?

그 무렵이 내가 나주교회 전도사를 할 때였어. 수련회를 하면 책자 만들잖아? 창호가 컴퓨터를 잘하니까 그 책자를 다 타이핑해서 만들어줬지. 그 날이 수요일이었고 다음 날 자기네 교회 애들이 수련회 가기로 돼 있었어. 그런데 가나안교회 전도사가 수련회 책자 인쇄를 그 교회 집사님 가게에서 안 하고 다른 데서 했나봐.

그 집사님이 담임 목사님께 따지니까 목사님이 전도사 불러서 꾸지람을 한 거 같아. 그러니까 전도사가 그날 예배 시간에 사라지더니 문자가 한 통 왔어. 자기 전도사 사임한다고. 그러고는 전도사가 도망가 버렸어.

그날 저녁에 창호랑 함께 있는데 옛날에는 전화잖아? 집으로 전화가 온 거야. 그래 갖고 배○○ 목사라는 사람 난 처음 통화해 봤지. "여보세요?"라고 했더니 "넌 누구야?" 그러더라. "김창호 친구 명훈이라고 합니다." 그랬더니 대뜸 "김창호는 어딨어?"라고 하셨지. "옆에 있습니다"라고 대답하자 "김창호 바꿔" 이러더라고. 그러더니 그날 저녁에 갑자기 창호를 교육전도사로 임명해가지고 창호가 다음 날 애들 데리고 수련회 갔어.

□ 배○○ 목사님도 참 특이한 분이네.

독특하지.

□ 담임목사가 그런다고 또 순종한 창호 형도...

근데 창호는 가나안 교회를 엄청 좋아했다니까. 아마 그런 게 있었던 것 같아. 창호가 하여튼 가나안 교회를 나름대로는 모(母) 교회처럼 사랑하는 그런 마음이 있었어.

그러니까 전임 전도사 잘리고도 그 교회 청년으로 다니지 보통 다른 사람 같으면 누가 그러겠어? 그러다가 갑자기 또 하루아침에 교육전도사로 승진해 갖고 애들 데리고 수련회 가고. 근데 애들 데리고 수련회에 갈 때 내 프로그램 자기가 다 타이핑했잖아. 그거 갖고 그냥 갔어.

□ 그런 적이 있었구만. 참 재밌네. 그 뒤 창호 형이 한신대를 갔고 거기 도서관에서 꽤 오랫동안 근로 장학생을 했잖아요. 한신대에서 직원으로까지 쓰려고도 했고...

창호가 졸업할 때 한신대에서 제안을 한 거지. 직원으로 남아달라고. 그래서 잠깐 고민 했어. 근데 학교 직원으로 남을 건가 목회를 할 건가. 또 결혼도 안 했으니까, 그리고 창호가 나름대로 한신대 다닐 때 직원들하고 있으면서 재밌게 살았어. 수영도 배우고 테니스도 배우고 이러면서 우리가 알던 창호의 모습보다는 조금 레저 쪽도 하면서 즐겁게 살았던 거야. 그래서 한신대 직원으로 남는 것에 대해 고민을 좀 했지.

□ 그 뒤에 인천 해인교회로 간 거야?

인천 해인교회에선 짧게 있었어. 그 무렵 진영이하고 같이 만나기도 하고 안산에 와서 자고 가기도 하고 그랬지.

□ 왜 인천에선 짧게 있었어?

창호랑 뭔가 안 맞았겠지. 거기도 규모가 좀 있는 사회복지하는 교회야. 그리고 광주 영신원으로 온 거지. 하여튼 그러면서 이제 갑자기 또 위암 판정까지 나면서 그러면서 거기 사임한 거지. 위암 수술을 하고 난 다음에 어느 정도 회복이 됐고 목포 후배가 "그러 그러지 말고 우리 교회 협동 목사로 그냥 와 있으라"고 해서 교육 목사가 협동 목사인가 그렇게 해서 목포에서 사역했어.

□ 창호 형이 주식은 언제부터 한 거야? 한신대 다닐 때부터?

몰라 주석은 일찍부터 한 것 같은데. 그것도 상당히 재능이 있었나 봐. 창호는 연구하는 스타일이고 꼼꼼하니까 도박성으로 막 지르고 하진 않아. 주식으로 돈을 벌었다는데 그건 잘 모르겠어. 창호가 돈을 쓰는 건 물건 사는 거 외에는 본 적이 없으니까. 창호는 다른 거는 굉장히 절약했고 장비를 살 때는 돈을 잘 썼던 거 같아.

최고 크게 산 게 아파트 살 때였고 최고로 좋아했지. 위암 진단금 받아가지고 그걸로 이제 길 건너편보다 한 2~3천 만 원 싸게 샀다고 엄청 좋아했어. 그 돈 아낀 걸로 집에 냉장고, TV, 세탁기 모션 베드, 에어컨 이런 것들을 최신으로 샀지.
그런데 옛날 가구도 안 버려가지고 같이 있지. 한 30년이 같이 공존하는 거지.

나는 처음에는 영세민 아파트인 줄 알았어. 들어가는 입구가 하도 초라해서. 근데 찬찬히 쓰다 보니까 아파트가 괜찮더라고. 다만 창호가 옛날 책상이나 옛날 오디오 이런 거 있잖아. 이런 걸 못 버리고 싸놓으니까 그게 창고처럼 보이고 좀 안 좋게 보일 뿐이지.

□ 그런 기기 만지고 하는 걸 좋아해서 창호 형이 또 그런 걸 못 버렸구먼요.

그러지. 창호는 하여튼 허투루 돈 쓰는 일은 안 한 것 같아. 가령 "책상이 있는데 굳이 내가 아무리 분위기가 안 어울린다고 책상을 새로 살 필요 있냐, 있는 거 쓰면 되지." 이런 개념인 것 같아.

□ 창호 형이 위암이 위암 판정을 받았을 때 그 소식 듣고 형님 많이 놀랐겠는데?

창호가 위암 판정받았을 때는 크게 걱정을 안 했었어. 왜냐하면 창호가 건강검진 하다가 위암을 발견했잖아. 그러니까 초기에 발견이 됐고 또 창호도 이제 자기 또 몸 관리 그런 쪽으로 하는 데는 좀 괜찮게 하거든. 지킬 거 잘 지키고 그러니까 전혀 생각을 못 한 거야.

창호가 위암 완치 판결을 받았어. 마지막 조직 검사까지. 위암 완치 판결을 받았을 때가 광주 놀러 가서 창호 집에서 자고 나올 때 "마지막 검사 받으러 간다"고 하고 "오늘 가서 판결 받으면 완치다" 그리고 헤어진 다음에 한 한 석 달쯤 됐나?

"여름휴가 때, 나 이제 집에 가면 애들 내려놓고 저녁에 갈 테니까 그때 보자"고 통화하고 고 광주로 가서 전화하니까 안 받더라고. 그 다음에 다시 길게 하니까 받았어. 그래서 '갈께' 하고 갔는데 가서 초인종을 눌렀더니 문을 안 열어줘. 근데 비밀번호를 문자로 보냈더라고. 그래서 비밀번호로 누르고 들어갔더니 애가 쓰러져 있는 거야. 크림 빵 5개 든 것 중에서 찢겨져가지고 하나 나와 있고 곰팡이 펴 있고, 황도 통조림은 누가 따줬는가 밥그릇에 옮겨져 가지고.

그 곰팡이 펴 있고 그 옆에 그냥 기운이 없어 쓰러져 있어. 그래서 "왜 그러냐?"고 하니까 "죽 먹으면 괜찮을 것 같다"고 그러더라. 그래서 죽 사다 먹이고 그렇게 하루를 보냈는데 안 좋아지는 거야. 난 또 처갓집을 가야 되니까 원근이를 불렀지.

"원근아 네가 좀 와서 먹여라"

그러고 이제 저녁에는 일남이를 부르고 교대로 죽 사가지고 가서 셋이서 돌아가면서 한 3일을 죽을 먹였어. 근데 좋아질 기미를 안 보이는 거야. 다들 바쁘잖아. 또 일남이 일 나가고 원근이도 바쁘고. 그래서 이제 안 되겠다 싶어서 내가 이제 휴가 끝날 때 119를 불렀어. 119를 불러서 애를 이제 병원으로 옮겨놓고 가야 되겠다 싶어서 119를 불렀는데 창호가 그때는 이제 의식이 있으니까, 자기네 전대 화순병원 안 가겠다고 고집을 피우더라. 무지개 병원 예약해 놨다고 무지개 병원 들어간대.

이유가 뭐냐 그랬더니 전대 화순병원에 다음 주 월요일(그때 119 옮길 때가 수요일이거든), 월요일에 외래가 잡혀 있다는 거야. 그러니까 창호는 이제 돈 걱정 한 것 같아. 외래 자기 담당 교수 없으면 또 처음부터 다시 시작이잖아? 이것저것 검사하고 또 의사가 다시 다 돌리고 이럴 거 아냐. 그러니까 이제 월요일에 외래 가겠다고 하더라고.

그래서 어쩔 수 없이 무지개 병원 가서 입원 시키고 엑스레이 찍고 하고 과장인가 만나서 이제 얘기 좀 하고 그러고 나서 나는 복귀한 거지.

□ 그때 "상태가 아주 위중하다"라는 이야기를 안 하던가?

그때는 이제 기력이 없다고 얘기하지. 그때만 해도 뇌 쪽으로 의심하는 사람은 아무도 없었어. 며칠 동안 못 먹고 그랬으니까 그냥 기력이 없는 것일 뿐이다. 이렇게 생각한 거였지. 창호가 위암 완치 판결을 받고 좀 어지럽다, 그러니까 의사가 "항암제를 다 끊었으니까 이제 약물 끊은 것 때문에 잠시 나타나는 현상일 수도 있으니까 좀 지켜보자" 그러면서 날 잡은 게 그다음 주 월요일이었던 거야.

□ 그럼 월요일에 뇌종양이 나타난 거야?

아니지. 월요일에는 못 간 거지. 못 갔어. 병원에서 방치돼 버린 거야. 링거 꼽아놓고 그렇게 병원에서 보내버린 거지. 그러니까 거기서 나중에 한 두 달 만에 이제 완전히 사람이 누워 있는 채로 할 수 있는 게 없잖아.

그 병원에선 X-레이 찍어본 것도 아니고 다른 데 검사해 본 것도 아니고 계속 링거 영양제만 주고 있다가 이제 어느 순간 안 되겠다 싶으니까 다른 병원 데려갔더니 이제 뇌압이 높고 내 물이 차고 수술해야 된다 이제 이렇게 된 거지. 그리고 원근이가 엄청 고생하고, 상선 형이 고생하고.

□ 형이 창호 형 장가를 보내려고 애를 썼고 아가씨를 여러 번 소개시켜줬다며?

영주가 제일 많이 소개시켜줬고 나는 세 번밖에 소개 안 시켜줬어.

□ 여러 번씩 소개시켜줬구먼 근데 왜 번번이 퇴짜를 놓던가?

여자가 퇴자 놓기도 하고 또 창호 지가 시간을 더 달라고 한 적도 있고 또 얼굴이 마음에 안 든다고 하기도 하고 뭐 그랬지. 창호가 옛날에 좋아했던 애가 예뻤어. 저번에 태헌이가 썼잖아. 장성 백운교회까지 찾아갔다고. 그 사람이 예뻤다고.

□ 자 그럼, 그 이야기로 다시 건너뜁시다. 그때가 호신 2학년 때 아니오?

2학년 때가 맞겠다. 우리 학년이 신앙수련회를 장성 백운교회로 갔었. 항상 백운교회로 가곤했지. 그때 남상도 목사가 한참 농민운동으로 뜰 때잖아. 주민들과 추수감사제 같은 거도 하고, 징치고 애배 시작하고 소 한 마리 잡아가지고 면 잔치도 하고 그럴 때였어. 근데 우리 학년이 거기 가서 신앙수련회를 했어. 하동안 교수가 지도 교수였지.

그때 수련회 할 때 풍물도 치고 해방춤도 추고 또 애찬식 해가지고 커다란 대야에다 포도주하고 소주 섞어 갖고 빵을 쟁반에서 산처럼 싸놓고 둘이 손잡고 와서 빵 서로 입에 넣어주고 신명나게 놀았어. 근데 그 교회에 애가 피아노 반주도 하고 가야금을 연주했지. 그 애랑 나도 친해. 태헌이, 창호, 나까지 같이 찍은 사진도 있어.

그런데 걔는 야리야리하게 예쁘게 생겼는데 태현이를 엄청 좋아했지. 하지만 태헌이는 걔가 별로 마음에 안 들고 그러니까 그렇게 된 거지. 창호가 여자한테 매력적인 카드는 아니지 않냐? 그냥 지나가는 해프닝이었어. 그때 군대 가기 전인데 잠깐 그랬어.

□ 그다음에는 뭐 누구 좋아하고 뭐 이런 거 없었어?

그래 다음에는 한 번도 못 봤다. 지는 나름대로 여자한테 대시할 자신이 없었겠지. 너 창호가 브레이크 댄스 잘 추는 거 아냐?

□ 아니 전혀 그렇게는 연결이 안 되는데?

창호가 브레이크 댄스를 좀 출줄 안다. 근데 잘 추는 건 아니고. 어느 정도 발동작을 할 줄 알아.

□ 아 그래요? 창호 형이 풍물과 기타와 컴퓨터와 오토바이 이런 거, 뭘 다루는 걸 잘하는 거 같아요.

기타는 잘 치는 거 아니고, 오토바이 잘 다루고, 자전거 타는 거 좋아하고, 커피 좋아하고 그러지. 창호가 국자 드립을 나한테 보여주더라.

□ 그건 또 뭔 소리야?

핸드드립을 하잖아. 핸드 드립을 하면 핸드 드립 하는 드립 서버가 있고 거기다 커피를 담지. 그러면 위에서 주전자 그것도 앞에 날카로운 뾰족한 주전자 있잖아 코 부리 주전자로 물을 가늘게 골고루 뿌려서 커피를 내리잖아. 인천에 갔더니 짐이 안 풀려가지고 뭐가 어디 있는지 모른 거야. 창호가 "커피 한 잔 하자"더니 훼밀리 주스병을 받치고 그 위에 커피 서버를 놓고 냄비에다 물 끓이더니 냄비를 통째로 들고 가서 국자로 물 떠 갖고 붓더라.

□ 진영이 형이 참석자 그 이야기 듣고 어이가 없어가지 고 말을 안 했잖아. 아무튼 아주 재밌는 사람, 기인이구만요.

기인이지. 밤에 잠 안 자고 잠자는 시간이 아까워서 잠을 많이 안 잤던 것 같아. 낮에 서너 시간 자고 그다음에는 주로 눈 떠있지. 우린 새벽까지 놀면 창호는 항상 밤을 샜어. 항상 끝까지 남아 있고, 아니면 우리 잘 때에도 혼자 컴퓨터에 앉아서 밤새는 스타일이지. 그리고 낮에 오전에는 항상 자고 졸고.

□ 아무튼 창호 형이 공부를 잘했다고 하잖아.

공부를 잘한 게 아니지. 공부를 못한 거지.

□ 아니, 원근이 형 저기를 써놓은 걸 보면 초등학교 때부터 공부를 잘했다고 하잖아?

몰라, 초등학교, 중학교, 고등학교는 모르지.

□ 형이 호신을 같이 다니면서 본 창호 형은 공부를 못 하던가?

못하지. 하긴 강의실에서 창호하고 나와는 별로 동선이 안 겹쳐. 1학년 때 같이 다닌 거 외에는 같은 학년으로 다녀본 적이 거의 없어.

□ 창호 형이 일찍 지금 54살에 갔잖아, 형이 먼저 간 친구 창호 형에게 해주고 싶은 말이 있다면?

에이씨, 열심히 살았잖아. 열심히 살았으니까 됐지 뭐. 나도 또 금방 죽겠지. 뭐 할 말 있겠냐. 열심히 살면 되지. 사는 거잖아. 살다 때 되면 죽는 거고. 근데 아쉽긴 한데 나름 최선의 삶을 살지 않았을까 하는 생각이 들어.

하여튼 나는 창호 추모 문집 내는 거도 별로 탐탁치는 않아. 그냥 열심히 살다가 때 되면 가면 되는 거지 거기에 의미를 부여하고 그런다는 게 좀 그래.. 여기 안산에서 세월호 유족 예배팀과 함께 하는데 요즘은 좀 지친다. 언제까지나 여기서 못 벗어난다는 게....

그분들 입장에서 보면 맞는데 좀 헷갈려. 다만 창호 장례식 둘째 날, 조가 연습한다고 악보 꺼내서 부르기 시작하면서 옛날에 불렀던 이 노래 저 노래 부르면서 좋더라, 모처럼 선후배들이 모여서 같이 기억들을 떠올리고 나누고 한다는 것 자체가 '참 대단하다라'는 생각이 들어. 그래서 취지는 공감을 하고 그래서 추모 글을 쓰려고 했더니 도저히 못 쓰더라. 쓰기도 싫고.

□ 형은 창호 형을 너무 진하게 만나서 그런 거 아냐?

그런 것도 있지만 내가 한 번 마음이 딱 동해서 하고자 하는 일은 하는데 묘한 꼬락서니가 있어 갖고 내가 한 번 딱 싫은 생각이 들면 그 다음에는 아무것도 안 잡히는 스타일이야. 그러니까 딱 처음에 한 페이지 정도 썼었거든. 쓰다가 울컥하는 생각이 들면서 '에이씨, 뭐하러 써?' 하는 생각이 든 순간부터는 손 놔버렸어. 하지만 미안하기도 하고 열심히들 하고 있는데 제일 가까이 있었던 놈이 아무 것도 안 하고 있어서 미안한 마음도 있고...

한 줄 한 줄 참회록을 써 갔던 한 사람

이정훈 목사(92, 나주이레교회)

불평등하고 공정하지 못한 세상이 미치도록 싫은 적이 있었습니다. 그러나 조금 더 살아보니 세계는 그렇게 간단한 것이 아니었고, 세계는 지극히 평등하였습니다.

작은 책이든 두꺼운 책이든 한 권 읽으면 한두 줄로 정리되어 기억에 남았습니다. 크고 작은 나라든 위대한 문명이나 미개한 문명이든지 어느 역사책에도 한두 줄로 평가되었습니다. 가슴 뭉클한 위인의 이야기든 버려진 가난한 인생의 이야기든지 한두 느낌으로 전달됩니다. 스치듯 짧은 만남이든 오랜 인연의 만남이든지 한 사람에겐 한두 그리움이 내 마음 한켠에 쌓여 갔습니다.

30여 년 전에 만났던 창호 형에 대한 기억과 그리움은 정말 한두 사진뿐입니다. 함께 수업을 듣거나 함께 생활했던 적이 없었던 것 같고, 연배가 차이가 나는 선배였으니까요.

제가 92년에 호신대에 들어와서, 새내기 때였는지 군대 제대한 뒤였는지는 잘 모르겠습니다. 언젠가 창호 형과 둘이서 호신대 식당에서 밥 함께 먹은 장면이 오래도록 기억에 남아 있습니다. 창호 형이 사주신 밥 한 끼였습니다. 부모님에게 용돈을 받았지만 무분별한 지출에 밥 굶은 적이 가끔 있었을 때, 밥 한 끼 사 주셨던 감사와 그리움이 있습니다. 그 때 무슨 대화를 나누었는지는 한 마디도 생각나지 않습니다. 하지만 제 기억 속에 30여 년간 중에 형과의 유일한 개인적인 만남이었습니다.

그리고 창호 형이 가나안 교회에서 사역하실 때, 동아리에서 여러 명과 함께 가나안 교회에 찾아 갔던 적이 있었습니다. 이 때도 무슨 기억에 남는 추억이랄까 이런 것은 없고, 밤에 찾아 갔었고 그 교회 건물이 어렴풋이 생각이 납니다.

창호 형이 암 투병중이라는 소식을 들었을 때 한번이라도 찾아 뵙지 못해서, 장례식 때나 지금이나 늘 죄송하고 미안한 마음이 있습니다. 나의 인생도 금방 지나왔고 '이 짧은 인생의 세월'이라고 느껴지지만, 그 무엇이든 인생에서 할 수 있는 충분한 시간을 살아 왔습니다. 그런데도 감사하고 그리운 마음을 창호 형에게 충분히 표현하지 못해 죄송스럽고 후회스럽습니다.

'창호 형이 좀 더 건강하게, 평생에 품었던 꿈을 이루시며 좀 더 이 세상에서 사셨다면 좋았겠다'는 아쉬운 마음이 가득합니다. 그러나 모든 인생이 창조주의 심판대 앞에서 심판주의 한 두 말씀으로 평가되리라 기대하니 긴 인생이든 짧은 인생이든 이렇게도 평등한 세상이지 않나 싶습니다. "잘 하였도다 착하고 충성된 종아... 네 주인의 즐거움에 참여할 지어다"

제 기억 속에 창호 형은 윤동주의 '참회록'과 같이 한 줄 한 줄 참

회록을 쓰며, '밤이면 밤마다 나의 거울을 손바닥 발바닥으로 닦으며' 살았던 선배님이었던 것 같습니다. 하나님의 품안에서 영원한 평안함이 있으시길 기도합니다.

창호의 커피 먹는 법

문: 정병진
답: 박진영 목사(86, 하늘다리교회)

□ 창호 형에 대해 혹시 생각나는 게 있으면 이야기 좀 해줘요.

창호는 내가 별로 안 친했다. 생각나는 거라곤 학교에 한 번씩 올라올 때마다 밥통 큰 거 자전거 뒤에다 매달아가지고 앞에서 끌고 오고 그런 장면 정도가 전부야. 창호가 또 그렇게 또 우리 학번(86학번)이라든가 선배들하고 이야기하고 그랬던 적이 별로 없어.

2011년쯤 창호가 인천에 있을 때다. 내가 카페 교회 할 때 훈이가 창호를 딱 한 번 카페로 데리고 적이 있다. 오랜만에 봤지. 근데 창호가 총각이라고 그러더라. 그래서 내 아내가 "(아가씨) 소개 좀 하자"고 그랬다. "소개한다"고 하다가 어떻게 흐지부지 돼서 그때 만나고 창호를 만난 적은 없어.

□ 근데 창호 형이 '싫다'고 안 하던가요?

"싫다"는 그런 이야기는 않고 그냥 "어떻게 인연이 있으면 만나겠

죠" 그런 식으로 얼버무렸어.

□ 그때 누구누구 모였어요?

다른 사람은 잘 생각은 안 난다. 명훈이하고 창호가 그때 한 번 찾아온 확실한 기억은 있어. 그냥 차만 마시고 갔어. 차 마시고 잠깐 이야기하고 갔지. 왜 그러냐면 그때 내가 카페 교회 한다고 해서 데리고 왔더라고. 왜냐하면 훈이랑 가까운 데 있으니까 훈이가 다 안산에 있잖아. 그때 내 아내랑 같은 노회고 그러다 보니까.

□ 또 창호 형에 대해 생각나는 건 없어요?

그렇지. 학교 다니면서는 별로 말 섞어 본 적이 없어. 갈문선하면서 꽹과리 치는 거 잠깐 보고 그런 정도지.

□ 형에게 창호 형 이미지는 어땠어요?

창호 이미지는 어때 순했지. 그냥 순해 보였어. 학교에서 창호 얼굴을 그렇게 많이 본 적도 없어. 나는 훈이 때문에, 훈이의 형 일곤이 있잖아? 내가 일곤이랑 동기라 일곤이랑 있다 보니까 훈이랑도 이야기하고 그러면서도 같이 어울렸어. 훈이도 또 그때 선배들이랑 같이 당구 치러 가고 막 그러면서 어울렸거든.

나는 87학번 중에서는 훈이하고 태용이랑 친하게 지냈어. 내가 또 군대 해병대 가고 그러면서 태용이네 아버지와 어머니 사시는 포항 집에 가서 자고 그런 적도 있거든. 내가 해병대로 있던 부대가 태용이네 집 바로 부근이야. 그래서 그 집에 놀러 가서 자기도 하고 그랬었지. 휴가 나오면 거기 들러 인사드리고 그랬어.

태용이가 호신 밑에서 자취할 때 잘 놀러 다닌 적도 있지. 태용이 훈이, 주섭이 그렇게 친했어. 주섭이 집에도 갔다 와보고 그랬지. 그거 말고는 또 혹시 생각나는 거 없어.

□ 창호 형에 대해선 형수님이 장가 좀 보내주려고 하다가 흐지부지 된 일 밖에 없네요?

그래. 노총각이라고 그래가지고 불쌍하잖아. 근데 그때 증명사진인가 주고 갔든가 그랬어. 나중에 내 아내가 어떤 후배 한 명인가 보여줬지. 근데 싫다고 그래서 안 오고 다른 사람 또 소개하려다가 뭐 어떻게 흐지부지 됐어.

또 한 가지 기억이 있다. 창호가 우리 카페 교회에 왔던 날 자신은 주전자에다가 커피를 끓여 먹고 그런다고 하더라. 그 무렵 내가 핸드드립 가르치러 다니고 막 그랬거든. 커피를 제대로 배워서 중국에도 가서 방법을 가르치고 그랬을 때였어.

□ 창호 형에게 핸드드립 방법을 가르쳐 주기도 했어요?

응, 방법을 좀 알려주긴 했어. 그런데 자신은 자기만의 방식으로 먹는다고 그러더라고. 그래서 그런가 보다 그랬지. 왜냐면 어차피 취미니까. 자기가 맛있으면 되니까. 설탕을 넣든 뭐 넣든 그게 다 몸이 안 좋더라도 자기는 그렇게 그게 맛있다고 하면 그게 맛있는 거지 뭐. 훈이도 그러더라. 주전자에다 끓여가지고 대접다가 말아 가지고 그냥 그런 식으로 먹고 먹는다고 그래.

□ 형 입장에서는 좀 어이가 없었겠는데요?

아냐. 그냥 다 자기만의 방식이니까. 그걸 인정한다기보다는 일단 '그런 애도 있는가 보다' 그렇게 생각하는 거지. 커피라는 게 기호식품이잖아. 자기가 맛있게 먹으면 끝나는 거지, 뭘 남이 다 이래라 저래라 할 필요는 없는 거니까. 그런데 커피 핸드드립 베이직이라든가 그 틀을 나는 다 아니까, 내가 '이런 식이다'라고 이야기는 해준 거지. 하지만 그걸 받아들이든 말든 자기 자기가 판단할 문제이지.

그때 듣던 말로는 주전자에 끓여 먹는다며 희한하게 내려먹는다고 하더라고. 창호가 말한 방식은 훈이가 잘 알 거다. 그때 이야기를 들었는데 참 얼척(어처구니) 없게 커피를 끓여 먹는다는 생각이 들었어. 커피콩을 갈아 먹어야 드립 커핀데 주전자에 물 끓여서 콩을 물에 띄워 먹는다고 했던 거 같아.

□ 그때 목회 이야기는 안 했어요?

그렇게까지 그런 이야기까지는 안 했어. 내 아내랑 잠깐 이야기를 하고 그러긴 했지. 그때 나는 장사하고 그러니까 이야기를 자세히 듣진 못했어. 그 당시에도 손님들이 멀리서 왔었거든.

창호 장례식 때 내려가려고 했는데 갖다가 올라올 시간이 안 맞더라. 그 다음 날 아침 8시 반부터 근무라 4시에 차가 있어야 되는데, 올라올 차도 없고 그래서, 차 시간이 안 맞아 못 갔다. 내가 내려갈 수는 있었는데 올라오는 거 힘들어서 못 갔지. 그래서 명기한테 전화해서 "내가 올라오는 차편이 없어가지고 안 되겠다"고 전화 했어.

미스테리 하나

류성환 목사(89, 김포우리교회)

남들은 다들 창호 형이 항상 촌놈이고, 한결같은 패션 테러리스트라고 이야기하는 것 같으나 난 창호 형의 멋진 모습을 본 적이 있다.

한 어느 날 화창한 교정에 깔끔하고 세련된 젊고 배나온 젊은 전도사를 본 적이 있다. 가물거리는 기억으로는 회색계열의 정장으로 기억한다. 아마 창호 형도 주일날에는 거룩 비슷한 전도사 분위기를 풍기지 않았을까 생각도 해본다.

무슨 일로 학교에 양복을 입고 왔을까?
알고 보니 그 날은 졸업사진 촬영일!
창호 형은 졸업 사진에 진심이었다.

한껏 깔끔한 모습에 겁나 낯선 장면에 창호 형에게 괜스레
뭐라 하면 꼭 "새끼야~"를 붙이며 대구하는 창호 형,
그래도 그날의 창호 형은 나름 참신한 모습이었다.

물론 기억 한편에는 정장 입은 창호 형이 몇 장면 등장한다.
하지만 이날만큼 잘 차려입은 창호 형 모습은 30여년 기억되는

창호 형 모습 중 가장 정갈한 모습으로 남아있다.

아마도 깔끔한 창호 형을 보려면 졸업앨범을 찾아보기 바란다. 내 기억으로는 창호 형은 매년 졸업사진을 촬영한 걸로 알고 있다. 그러니 시간이 많이 남는 사람은 몇 년 분량 졸업앨범을 구하여 해마다 새로워지는 창호 형을 비교해보기를 추천한다.

여기서 궁금증 하나.
창호 형의 정확한 졸업 연도는 언제일까?
도대체 몇 학기를 더 다닌 걸까?

앞에서 말하였듯 창호 형은 매년 졸업사진을 찍었었다. 그때도 창호 형은 사진을 찍지만 앨범은 사지 않는다고 하였다. 그렇다면 창호 형은 한번이라도 졸업앨범을 구입했을까? 구입하였다면 몇 년도 졸업앨범을 구입했을까?

창호 형은 졸업사진에는 멋진 신사의 향기를 간직한 모습으로 등장한다. 창호 형의 낯선 모습을 찾아보려는 사람은 당신들의 졸업앨범을 뒤져 보면 뜻밖의 '유레카!'를 외칠 수 있을 것이다.

사지도 않을 졸업앨범이지만 항상 사진에는 진심이었다.

모두가 다 아는 것처럼 창호 형은 호신을 10년 다닌 공로학생이었다. (이때 왜 10년 근속한 교수는 공로패를 주는데, 10년을 다닌 학생은 왜 공로패 비스무레한 것도 안주느냐에 대한 공정성에 대한 문제를 우리끼리 제기하며 창호 형을 돌려 깠다. 그리고 이 버릇은 한신대에서도 계속되었다.)

10년의 학교생활과 함께 매년 졸업사진에는 창호 형이 계속 등장한 것이다. 학적은 여전히 4학년에 머물러 있으니 졸업사진에는 매년 촬영을 하는 것이다.

어찌 생각해보면 창피한 일이지만 그래도 함께 공부한 다른 사람들과 나름의 방법으로 최선을 다했던 것이 아닐까 생각해본다. 항상 나름의 방법으로 최선을 다한 창호 형을 이제라도 응원해봅니다.

내가 창호 형을 만나면 구박했던 3가지를 반성합니다.

○ 항상 10년을 채우는 학구열
○ 함석헌의 뒤를 이은 대식가
○ 눈만 높아 혼자 사는 독신남

고(故) 김주현 전도사

(1969. 5~ 1996. 4)

弔詩 (故 김주현 전도사를 추모하며)

정영석 목사(89, 구례외곡교회)

형님!
혹시 미련하게도 그날 새벽 기도 때
이리 기도 했던 건 아니겠지요
주님 돌아가신 이 고난 주간에
예수처럼 죽게 해달라고
그리고 사흘 만에 부활하게 해달라고…

형님이 눈감은 지 사흘된
오늘 새벽 저는
마치 막달라 마리아처럼
가슴 졸이며 자지 못하고
굳게 닫힌 영안실 문 앞에 서서
뜬 눈으로 지켜보았습니다.

그래!
예전에도 형님은 종종 숨는 장난을 많이 했었지
잠시 내게 장난을 치고 계시리라
그 차가운 냉동고 속에서 불쑥 뛰어나오며

"이놈아 영석아 나 예있다!
니 나 죽은 지 알았제?"
그 큰 얼굴만큼이나 함박웃음 지으며
내 앞에 안겨올 것이라…

그런데
형님 정말 너무하십니다.
왜 거기서 나오지 못하고
이렇게 허망하게 떠나 버리십니까?
형님 내가 당신을 너무나 맘 아프게 했었나요?
미련하다고 멋없이 산다고
그리 구박했었는데…
내가 그렇게 당신을 힘들게 했나요?

아님, 마치 아무 대가없이 푹푹 내어주던
학교 점심 식권처럼 당신 생명도
혹시 누구에겐가 미련하게
내어 줘 버린 건 아닌가요?

'열사'라느니 '순교자'라느니
허울 좋은 말들도 듣지 못한 채
아무 말도 안하고 그리 미련하게
혼자만 가버리면

이 남은 자들의 당황함은 어이하란 말입니까?
당신을 향해 지은 저희들의 빚들은
언제 어떻게 갚으라는 말입니까?

하나님!
정녕 한없이 순진한 어린애 같은 그가
걱정스러워 이리 급하게 데려 가셨습니까?

하나님!
그에게 죄가 있다면 너무도 착한 것이요
몸집만큼이나 후덕했던 인정밖에 없습니다.

하나님 그는!
장애자들의 똥 걸레질을 마다하지 않고
집어들 수 있었던 겸손한 사람이었고
자취 생활 제가 끓여준 잡탕 같은 찌개와 국을
'왕후의 찬' 인양 불평 한 번 않고 먹은
바보 같은 사람이었고
옷 한 벌, 신발 한 켤레 더 갖는 것을 쑥스러워 했던
소박한 사람이었고
자기가 굶어도 친구의 배고픔을 더 아파해 주며
음식을 대어준 맘 넓은 사람
누구하고 한번 싸워본 일 없는

순한 양 같은 사람이 있습니다.

하나님이여 !
그가 살찐 것은 농민과 가난한 자들을 생각하며
하늘같은 밥을 남기지 않겠다고 먹은 수많은
식은 밥들 때문이었습니다.
물 한 잔도 흘리지 않으려던
미련한 사람이었습니다.

주여!
나는 그 미련한 사람을 항상 조롱했었나이다.
나는 머리와 입으로만 신학을 했지만
그는 손과 발과 진실한 양심으로
신학을 실천했나이다.

주여! 차라리
회칠한 무덤 같은 이 가식덩어리인
저를 데려가시고
그 미련한 자를 이 땅에 남겨 주십시오!
묘지도 없이 한 줌의 재로 그를 보내기에는,
이 봄 내음 속에 그를 사라지게 하기에는
저의 양심이, 저의 신앙이 도저히
허락지 아니 하나이다.

형님! 일어나십시오.
제발 일어나 보십시오.
정오가 지난 지 이미 오랜데
늦잠을 좋아해도 그렇지
아직도 주무시고 계십니까?
저와 오늘 진달래 만개한 무등산에
같이 오르자던 약속은 어디에 있습니까?
통일되면 봄날에 금강산도 가보자던
그리고 북한 처녀를 만나 이 4월에
합동으로 혼례를 치르자던
그 약속을 정녕 잊으셨습니까?

'쌀'과 '살'이 하나 되어야 쓰겄다며
저는 형님께 전라도놈 말을 가르쳤고
형님은 저에게 경상도놈 말을 가르쳤는데
아직 채 다 못 배우고 못다 가르쳤는데
형님 없는 이 나라에 홀로 선 저는
무슨 말을 쓰고 살아야 됩니까?
말 다른 광주 땅이 뭐 그리 좋아 포함 놈이
이 땅에 와서 생명까지 내 놓는단 말입니까?

너무나도 잔인합니다!

해마다 저 개나리꽃은 촛불들 마냥 타오르고
하얀 벚꽃들은 향불 연기처럼 피어오를 것인데
당신을 보내 놓고
이 좋은 봄들을 어이 눈물짓게 하시렵니까?
찾아오는 교정의 봄을 어이 맞으라 하십니까?

그러나 주님여!
저희는 그를 보내지 않고 싶으나
당신이 거두시면 보내드리렵니다.
내일이 당신의 부활을 기념하는 날이요
이처럼 선한 한 사람으로 말미암아
당신의 부활을 더 뼈저리게 소망할 수 있음을
감사드리나이다.

이 봄 그는 한 줌의 씨앗이 되어 가나이다.
당신처럼 죽지 않고 영원한 생명의 씨앗으로
우리 마음 밭에 뿌려지게 되었나이다.
죽은 자의 삶이 아름다웠듯
남은 자의 삶이 아름다움으로 채워지게 하소서
그의 못다한 꿈이
그의 못 타오른 젊음이
저희들 속에서 진실로 열매 맺게 하소서.

주님여!
그의 살아 있었음에 대해 감사하나이다.
이제 그의 죽음에 대해서도 눈물겹게 감사하게 하소서.
이 시간 그와 함께 웃었던
그 큰 웃음들만이 남아있게 하소서.
영원히 웃음으로 살아있게 하소서,
목련 꽃잎 진자리 그 향기는 영원하듯...

형님!
잘 가십시오
가신듯 그렇게 만납시다.
잠시 주무시다
오늘 보다 찬란한 어느 봄날
우리 함께 깨어나
못다한 이야기들 나눕시다.
그때까지....잘 쉬세요.

○ 광주 화장장 마지막 영결예배 때 낭송했던 글입니다.
(1996. 4. 6. 오후 2:30)

창호 형과 주현 (1)

(1)~(2)/ 이원근

한참 장신대 신대원 입시 공부를 하던 호신 시절, 지하에 있던 입시를 위한 독서실은 말이 독서실이지 거의 노숙자 소굴처럼 여기저기가 지저분하고 냄새도 나고 덥기도 했었다. 그리고 책 넘기는 소리조차도 너무도 부담스러웠고 커피 한 잔도 밖에 나가서 마시고 들어와야 할 만큼 분위기가 살벌한 곳이었다. 그곳에서 함께 살던 나와 영주 영석 그리고 주현 형까지 그곳에서 입시공부를 하였는데 솔직히 공부를 하는지 더위와 잠과 싸우는지 모르는 그런 날들이 많았다.

그러던 중에 나주 금천의 광암교회에서 전도사로 있었던 창호 형이 자기 교회에 오라고 했다. 창호 형도 그 곳 사택에서 잠을 자고 공부를 하고 있었던 차라 마침 잘되었다 싶어서 함께 내려가서 공부를 하게 되었다. 그래도 지하 공기보다는 더 나을 듯싶고 약간의 자유시간과 떠들어도 괜찮을 그런 장소, 커피도 마셔가면서 책을 볼 수 있는 아주 좋은 곳이었다. 광암교회에서 가까운 곳에는 영산강 지류인지 지석강 지류인지는 모르겠지만 개천이 있었다. 비가 많이 오면 소도 떠내려갈 만큼 물이 차오르는 곳이었다.

실제로 송아지가 죽어서 떠내려가는 광경도 본 적 있다. 머리가 복잡하고 공부가 안될 때는 그곳으로 주현이 형이랑 낚시를 갔다. 낚시라고 해봐야 조그마한 낚싯대와 주현이 형이 잘 하던 물레방아라는 손으로 돌려서 최대한 멀리 던져 가만히 손으로 줄을 붙잡고 있어서 고기가 잡히면 손으로 느껴 고기를 낚아 올리는 방식의 낚시를 하였다. 홍수가 지난 다음, 주현이 형과 낚시를 갔다. 공부는 뒤로 하고 낚시가 먼저인 셈이다. 그리고 흙탕물 같은 물속에서 고기를 낚았는데 월척급 붕어들이 잡히기 시작했다.

아마도 홍수 후에 떠내려 오다 걸렸다 모르겠지만 그날 제법 큰 붕어들을 꽤 많이 잡았다. 작으면 놔주기라도 할 건데 가져가고 싶을 만큼 커다란 녀석들이 잡혀서 광암교회로 가져왔다. 창호 형은 엄청 싫어했지만 주현이 형은 넉살좋게 갖은 욕을 얻어먹어가며 내장을 손질하고 매운탕을 끓이자고 했다. 아마도 월척 붕어가 네댓 마리 됐던 거 같다. 그리고 주현이형과 나는 매운탕을 끓였다. 창호 형은 그때까지도 뭐라고 하셨던거 같다. 매운탕이 다 됐을 때 밥이 있나 물어보니 창호 형은 밥은 해놨다고 했다.

어느새 매운탕 끓이는 동안 후배를 위해서인지 밥까지 준비해 놓은 거다. 그런데 창호 형이 거하는 곳에는 양념종류가 많이 없어서 뭔가 허접한 매운탕이 되었다. 나는 한 공기 먹고 나서 배부르다고 했는데 아마도 뙤약볕에서 낚시를 하느라 더위를 먹어서 그랬었던 것 같다. 그런데 창호 형과 주현이형은 맛있다며 밥을 더 퍼다가 끝까지 붕어 매운탕을 먹었다. 그렇게 붕어가져 와서 내장 손질한다고 뭐라 하더니 창호 형은 다음부터 낚시하면 고기를 가져오라고까지 하셨다.

그 말에 힘을 얻은 주현이형과 나는 신대원 입시는 뒤로하고 낚시만 다녔다. 창호 형은 붕어매운탕 덕분에 여름 보양했다고 했다. 창호 형 병원에 데리고 다닐적, 차안에서 그 이야기를 했다. 그런데 그렇게 말했다. 매운탕이 맛 있다기 보다 주현이랑 같이 먹으면 밥맛이 더 생긴다고.. 그런데 당시 주현이형도 낚시하면서 창호 형이랑 밥 먹으면 더 많이 먹게 된다고 했었던 기억이 난다. 가끔 광암교회 앞으로 난 길을 지나면서 또랑을 보면 주현이 형 생각이 참 많이 났는데 이제는 창호 형과 주현이 형이 같이 생각이 날듯하다. 함께 있다면 이제는 참돔 잡아다가 회도 뜨고 매운탕도 해서 같이 먹고 싶은데...

붕어매운탕을 먹고 서로 배로 까면서 누구 배가 더 큰지 내기를 하던 창호 형과 주현이형의 모습이 오늘은 어제처럼 생생하다.

주현이 형의 뚝심 (2)

주현이 형에 대한 기억을 많이들 못하는 것 같다. 물론 나도 자세한 기억들은 하지 못하지만 그의 뚝심만은 기억한다. 95년도 여름이었던 것으로 기억한다. 그때 창호 형이 몸담았던 광암교회에서 공부하다가 나오고 나서 얼마 안 되었던 때일 거다.

주현이형은 낚시를 참 좋아했다. 물론 나도 그렇지만 주현이 형만큼은 아니었다. 특히 한번 언급했지만 주현이 형은 물레방아라는 낚시를 주로 했다. 낚시대가 필요 없이 얼레와 같은 것에 낚시줄을 감아놓고 그 끝에 봉돌과 낚시바늘을 달아서 손으로 물레방아처럼 빙빙 돌리다가 최대한 멀리 던져 고기를 잡는 형태이다. 그래도 광암교회에서는 가까운 데에 개천이 있어서 낚시를 갔는데 거기를 나오고 나니 낚시를 마음먹고 갈만한 데가 없었다.

어느 날 주현이형은 낚시를 가자고 했다. 어디 아는 데는 없는데 조금은 답답했는지 낚시를 가자고 주현이형 물레방아를 챙겼고 나도 낚시를 챙겨서 집을 나섰다. 순덕이와 지금의 장모님까지 모시고 가는데 그때는 자가용이 없던 때라 무작정 네 명이서 내 고향인 무안으로 버스를 타고 갔다.

무안에 가면 무안시외 버스 터미널에서 4km떨어진 곳에 조그마한 방죽이 있었다. 그곳에는 여름이면 물이 많이 빠져 있고 그때에 낚시를 하면 제법 월척이 잘 잡히는 곳이 있었다.

무안에 도착해보니 그곳까지 가는 군내버스는 이미 가버렸고 2시간은 더 기다려야 군내버스가 운행된다고 했다. 택시를 타고가지나 택시비가 아까워서 네 명은 걸어가기로 했다. 그 뙤약볕에 네 명이서 그곳까지 걸어가는 것은 힘이 든 일이었다. 하지만 주현이형 은 한사코 걸어가기를 고집하여 결국 그곳까지 걸어갔다.

낚시를 펼치고 주현이형 은 왼손잡이 특유의 자세로 물레방아를 멀리 던져 제일먼저 고기를 큰 것으로 잡았던 것으로 기억한다. 붕어가 월척급은 아니더라도 준척급으로 잡혔다.

두어 마리 고기를 잡고 있는데 주현이 형 눈에 뭔가가 띄었다. 우렁이였다. 지금은 수입우렁이가 있지만 당시에는 토종우렁이가 저수지 바닥에 엄청나게 있었다. 나는 저수지 물이 얕아 보여도 뻘이 많아 들어가면 무릎까지 빠지는 곳이 있음을 알기에 들어가지 말고 주변에서만 잡으라고 하였다.

주현이 형은 내 말을 듣지 않았다. 무조건 양말 벗고 발을 걷어붙이고 발목을 지나 거의 장딴지까지 빠지는 뻘속을 겁도 없이 들어갔다. 옷에 뻘이 묻든 물에 젖든 상관하지 않고 우렁이를 잡아 던졌다.

덕분에 양파 망을 하나 주어 와서 그 안에 가득 담고도 남을 정도의 우렁이를 잡았다. 나 같으면 우렁이가 많지만 갈아입을 옷도 없고 씻을 곳도 없는 그곳에 발을 담그지도 않았을 거다. 하지만 주현이 형은 무작정 신발부터 벗고 보는 뚝심의 사나이였다. 나와 보니 주현이 형 바지와 옷은 뻘이 모두 묻어있었고 주현이형은 그런 뻘을 저수지 물로 닦아내고 있었다.

다행히 순덕이 언니가 지인차를 같이 타고 와서 태우고 광주로 가려하였다. 하나 뒷자리에 네 명이 탈수 없어서 순덕이와 장모님 그리고 낚시대와 붕어들, 갓 잡은 우렁이 한망을 차에 먼저 실어 보냈다. 나와 주현이 형은 무안으로 다시 나가 버스를 타고 가기로 했다.

무더운 날 다시 무안으로 걸어 니와 버스를 기다리면서 주현이 형 몰골을 보니 정말 눈으로 봐주기 힘들었다. 여기저기 지저분한 뻘이 묻어 있고 얼굴은 새빨갛게 익었다. 그런데도 주현이 형은 특유의 경상도 말로 큰소리로 떠들며 우렁이를 어떻게 해먹을까 붕어를 어떻게 해먹을까 말하는 해맑은 웃음을 보면서 나는 쪽팔려서 고개도 못 들었다.

나를 '지켜보겠다'던 주현 형

정병진

주현 형은 뭐가 그리 좋은지 늘 웃는 얼굴에 정이 참 많은 형이었습니다. 그의 웃음, 쾌활한 하이톤의 경상도 말씨를 잊을 수 없습니다. 포항 출신 주현 형이 가까운 영남신대를 놔두고 굳이 광주 호남신대로 진학한 동기는 잘 모르겠습니다. 호신 갈문선(갈멜문화선교단)에 들어간 이유를 물어 본 적은 있습니다. 그는 그저 "풍물소리가 좋아서"라 하였습니다.

내 일기장에 주현 형 관련 언급은 1993년 4월경부터 나옵니다. 그해 그는 복학하였던 걸로 보입니다. 나는 군 입대를 앞두고 휴학한 상태였습니다. 입영 영장이 나오기까지 매일 학교를 드나들며 동아리를 돌보던 중이었습니다. 용희 형이 살던 광주 하남의 자취방을 이어받아 살던 무렵이기도 합니다. 그즈음 주현 형과 잠시 같이 살았습니다. 기껏해야 두세 주 정도였던 걸로 기억합니다.

주현 형과 신학논쟁을 벌인 대목도 눈에 띕니다. 4월 9일(금) 영주형, 재옥이, 주현 형과 함께 저녁식사를 한 뒤 "하나님의 유무와 어떤 분인가?"를 주제로 열띤 토론을 하였습니다. 결론은 "하나님은 알 수 없는 분이다"는 거였습니다. 하지만 나는 "하나님을 굳이 말해야 한다면 '역사변혁의 동력 같은 분'"이라 말하였습니다. "인간을 격려 · 고무해 이 역사 속에서 자신의 뜻을 펼쳐가시는 분"이란 취지에서였습니다. 지금은 달리 표현할 거 같은데 그때는 하나님 이미지를 그렇게 떠올렸나 봅니다.

이에 주현 형은 "그렇게 규정하면 일반 교인들이 믿고 이야기하는 추상적인 하나님이 아닐 수 있지 않느냐? 그들의 하나님과는 다른 분이 되고 말 것이다"라고 반론을 제기하였습니다. 나는 "일반 신자들이 믿는 하나님을 부정하는 건 아니다. 그렇지만 그들이 믿는 하나님은 왜곡된 모습이 많은 게 사실이다. 나는 그들의 하나님을 좀 더 구체적이고 실재적으로 표현해 보았을 뿐"이라 반박했다고 합니다. 신학생들다운 토론이 아니었나 싶습니다.

함께 자취할 때 주현 형은 양말 개는 방법을 알려줬습니다. 그때까지 나는 양말 개는 방법도 잘 몰랐나 봅니다. 주현 형에게 양말 개는 방법을 배워 고맙게도 지금껏 잘 써먹고 있습니다. 또 하나 주현 형에게 얻은 게 있습니다. 어느 날 그는 내게 새번역 성경 한 권을 선물로 주었습니다. 지금은 너무 낡아 사용 안 한지 오래입니다. 하지만 주현 형이 준 거라 버리지 않고 잘 간직하는 중입니다.

내 일기에는 주현 형이 적어도 여섯 일곱 차례 이상 나옵니다. 그는 동아리 출신 선배 모임인 '월요학당'(현 나자렛회 전신) 모임에도 이따금 참석하였고, 고(故) 이경로 목사 추모행사에도 적극 참여하였습니다. 동아리 사람들과 잘 어울렸고 놀기도 좋아하였던 형이었습니다. 하지만 학생운동 관련 학습에는 그다지 열의가 없었나 봅니다. 가령 그는 3 · 4학년 학습 담당이면서도 까먹었는지 모임에 나타나지 않아 모임을 무산시켜 나를 당황하게 만든 적도 있습니다.

1993년 10월 29일에는 선후배들이 한 자리에 모여 '성실연, 농선, 갈문선' 창립 6주년 행사를 하였습니다. 그날 개회예배 설교는 김용선 목사님(당시 수피아여고 교목)이 사도행전 1장 8절을 본문으로 하셨습니다. 그는 열두 해 혈루증 앓던 여인을 사례로 성령의 권능을 받아야 기독활동가들이 더욱 열심히 하나님 나라 운동을 할 수 있다는 취지의 말씀을 전하셨습니다. 사회과학적 분석으로 사회 병리 현상의 원인을 파악할 순 있지만 예수처럼 권능으로 치유하는 건 불가능한 일이라고도 말씀하셨습니다. 기독활동가가 지치지 않으려면 성령의 원기를 공급 받아야 한다는 말씀, 당연하지만 적절한 지적이셨습니다.

이날 행사에는 그동안 만나기 힘들던 형근, 대용, (큰)용희, 정석윤 목사 등이 참석해 반갑고 흐뭇하였습니다. 하지만 당시 학내 세 동아리는 '문민정부'를 표방한 김영삼 정권 출범과 더불어 학생운동이 퇴조하기 시작하면서 어려움을 겪고 있었습니다. 1학년들은 동요하였고 3학년 지도력들은 무엇을 해야 할지 알지 못해 헤매는 중이었습니다. 주현 형은 선배들에게 "왜 그리 무심하게 모른 척 하느냐?"고 호소하였습니다. 공든 탑이 무너져 내리는 걸 보며 안타까운 심정을 토로한 겁니다. 그만큼 주현 형은 동아리에 대한 애정이 강했던 거 같습니다.

주현 형은 93년 11월 신과학생회장에 당선되었습니다. 세 동아리가 배출한 첫 신과학생회장이라 의미가 남달랐습니다. 그동안 이혜춘-윤억석 총학시절 세 동아리가 그들 선거운동을 도와서 상선 형이 총학생회 총무로 들어가 일한 적은 있습니다. 또한 동아리연합회 회장은 김태헌→조용희→김종선→임내규 이처럼 세 동아리가 계속 도맡다시피 하였습니다. 하지만 총학 선거와 총여학생회 선거에서 세 동아리가 내세운 후보들(진태동, 서혜정, 윤기중...)이 아쉽게도 계속 낙선하였습니다. 그런데 주현 형이 처음으로 당선된 겁니다. 아쉽게도 그가 신과학생회를 어떻게 이끌었는지는 잘 알지 못합니다. 제가 군복무를 하느라 학교에 없었기 때문입니다.

95년 겨울, 주현 형은 영주, 승민, 원근 형과 더불어 4학년 도서관에서 공부하더니 호신 신대원에 진학하였습니다. 목회의 길을 걷고자 수련 과정을 착실히 밟던 중이었습니다. 하지만 이듬해 4월 6일, 형이 돌연 세상을 떠났다는 비보가 들려와 크게 놀랐습니다. 겨우 스물여덟 나이에 기숙사에서 자다가 숨지다니! 평소 뚜렷한 지병도 없이 그가 이처럼 허망한 죽음을 맞이하리라고는 전혀 예상치 못하였습니다. 주현 형 죽음을 보면서 죽음이 얼마나 가까이 있는지 새삼 깨달았습니다.

주현 형 시신은 기독병원 영안실을 출발해 정든 호신 교정을 거쳐 화장터로 갔습니다. 호신 교정에서 우리는 '임을 위한 행진곡'을 처연하게 함께 불렀습니다.

"사랑도 명예도 이름도 남김없이 / 한 평생 싸우자던 뜨거운 맹세 / 동지는 간데없고... / 새날이 올 때까지.../ 앞서서 나가니 산자여 따르라"

그렇게 주현 형이 떠나던 날 그의 유품인 일기장을 잠시 훑어보았나 봅니다. 거기에서 나는 그 우직스러울 만큼 진실하고 성실한 형의 모습을 보았습니다. 놀랍게도 주현 형은 93년 말 4학년 정리식 있던 날 쓴 일기에 동아리 4학 년들이 한 사람씩 돌아가며 다짐하였던 말을 모두 적어 두었습니다. 그때 나는 "내 삶을 부단히 변화시킬 것"이라 말했다고 합니다.

솔직히 나는 전혀 기억나지 않습니다. 형이 거짓으로 썼을 리는 없을 테니 맞겠지요. 그런데 그 뒤에 쓴 한 마디가 압권입니다. 주현 형은 "두고 볼 것"이라 써 놓았습니다. 그가 천국에서 지켜본다고 하였으니 실망시키지 않아야 할 텐데 걱정입니다.

나! 써운해?

이주화

난 주현이 형과 함께 학교 생활을 직접 한 적은 없다. 그러나 처음 이자 마지막으로 남은 기억 한 사락은 있다. 내가 졸업한 뒤라고 기억한다.

우리 동아리 출연자가 많은 마당극을 기문선(기독교 문화선교회?)과 준비한다고 전해 들었다. 나도 마당극을 해봤는데, 우선 마당극 연습은 충분해야 하고 센스와 현장성이 중요하다.

마당극은 갈문선을 비롯한 3개 동아리와 전대 기문선(?)팀으로 구성했던 것 같다. 우리 호신인들이 교회에서 찬송과 음악으로 잔뼈가 굵은 터라 사물놀이를 포함한 마당극을 소화하는 수준을 나는 잘 알고 있었다.

마당극은 후배들과 그때 군대 제대한 나보다 학번 높은 선배가 함께 준비한다고 듣고 연습할 때 들렀다. 마당극은 현장 사정대로 극을 진행하기에 실내를 벗어나 야외연습도 중요했다. 난 그시절 운 좋게 차를 소유하고 있어서 어두울 뻔한 야외연습에 차라이트를 켜 주는 선배였다.

그때 주현이 형이 맡은 역할은 자신의 권세로 아랫사람들의 아부를 받고 서민의 피를 빠는 배나온 고위층이었다. 주현이 형이 절대 대사를 바르게 할 수 없던 대목이 생각난다.

아랫사람들의 아부와 서민의 피를 빠는 위치에서 "나! 서운해?"라고 말하면 아부쟁이 부하는 벌벌 기는 장면이었다. 그 마당극에서 주현이 형의 많지 않던 대사 중 "나! 서운해?"는 항상 또 다시 해도 "나! 써운해?"였다.

그러나 경상도 청년의 안 되는 대사를 지적하는 일은 없었다. 어차피 안 되는 거니까. 경상도는 매끼 '쌀'이 아닌 '살'로 밥을 해먹고.ㅋ '서운'한건 '써운'하다고 말할 수 밖에 없었던 것 같다.

지금생각해보면 그때 주현이 형이 나를 보는 모습은 낯설고 쉽지 않는 듯 했다. 내가 좀 시끄럽고, 왈가닥이라 적응이 쉽지 않아보였다. 충분히 이해가 간다. 나를 바라보는데 "저런 캐릭은 뭐꼬?"쯤 되어 보였다.

그때 그 마당극에는 늘 수줍은 듯 말소리마저 크지 않던 정훈이는 품바를 했던 것 같다. 주현이 형이나 정훈이나 낯가림이 쉽게 가시지 않는 두 남자...그러나 두남자도 연기를 해 볼 수 있었던(?) 그 마당극은 놀이터 같았다.

대사가 많지 않았던 주현이 형은 타고 난 몸매와 나름 최선의 연기로 마당극에 스며들어 갔었다. 나의 이 기억과 함께 추억의 스위치가 켜지는 선후배가 분명 있을 듯하다.

책을 버리지 못한 이유

김승민(89, 용인평화나무교회)

집을 이사하다 보면, 가장 골치 아픈 것이 책이다. 옆에서 아내가 "보지도 않는 책, 버리지 뭐하려 그렇게 싸들고 다니냐?"... 잔소리를 듣다보니 이사할 때마다 조금씩 버려 이제는 많이 버렸지만, 아직도 버리지 못한 몇몇 책들이 있다. 『성서와 실천』, 『해방공동체』, 『들어라 역사의 외침을』, 『경제기사읽기』, 『철학에세이』, 『강좌철학』....

지금까지 살면서 가장 가난했던 시절이 신학생시절이었다. 주말마다 집에 내려가 생활비를 조금씩 받아 기숙사에서 식권을 구입해 끼니를 해결하였다. 늘 책 살 돈은 부족하였다. 학교 교재도 사야하고, 학습에 필요한 책도 사야하고... 그래서 하루에 500원짜리 식권 한 장씩 아껴서 그것으로 책을 구입했다. 그렇게 책장의 책이 조금씩 채워지는 것을 보면서 보고만 있어도 배가 불렀고, 또 과시용으로 보여주었던 같다.

나도 그랬지만 동아리 사람들은 늘 배고팠다. 이를 해결하기 위해 식권 한 장으로 밥을 엄청 퍼 와, 몇 명이 같이 한 식판에서 끼니를 해결하였다. 그때 같이 먹었던 사람이 주현이 형, 태현이 형, 장수 형, 용희 형.... 그리고 그때 옆에서 밥솥 채 놓고 먹고 있는 사람이 창호 형, 그때 왜 그랬는지 몰랐지만 암튼 밥 많이 먹는 것이 부러웠다.

내 신학교 때 기억은 동아리 기억 밖에 없다. 그것도 희미하게 파편조각으로....1학년 때부터 동아리 활동으로 기숙사에 늦게 들어가는 일이 허다해 아예 선배들 자취방으로 옮겼다. 요한이 형과 경호 형 자취방에 찡겨 살았던 기억, 똥통 위에 만들어진 용희 형 태현이 형 장수 형 살던 자취방에서 동고동락 했던 때가 생각난다(이 시기는 에피소드가 좀 있다). 태용이 형이랑 밤새 이야기 나누며 주어진 현실에 절망해 울었던 기억들, 부랄 친구와 같은 회열이랑은 왜 그렇게 치열하게 논쟁하며 말싸움했는지...

장성백운교회에서 자주 놀려갔던 기억, 농활 때 원근이랑 곡차 마시고 하늘이 뺑뺑 돌던 기억, 매곡교회 목사님이 감옥 갔을 때 선후배들과 같이 교회에 가서 성경학교 했던 기억, 학습 때 병진이랑 내규는 만날 내가 만만했지? 선배들은 위에서 쪼고, 후배들은 쳐 올라오고... 그때 옥란이 누나가 한 카리스마했지~

주현이 형이랑 전날 같이 신나게 놀다가 수요일이라 저녁에 나는 사역하던 발산교회에 갔다. 주현이 형은 남아서 더 놀았는데 다음날 죽어서 엄청 큰 충격을 받았던 일도 떠오른다. 그레그 미 대사가 광주미문화원에 왔을 때 음악관 옥상에 올라가 성조기를 태우고, 구호를 외치고(그때 태용이 형 큰일 날 뻔했다) 89년도 조선대 이철규 열사, 91년도 수많은 열사들의 죽음의 행렬들, 그리고 92년.......

이런 기억들은 내 머리 속이 아니라, 버리지 못한 책들 속에 남아 있다. 요즘도 가끔 책장 한 구석에 먼지가 푹푹 날리는 책을 보고 있다 보면, 그때 그 시절로 돌아가는 것 같아 아직도 못 버리고 있다.

까치밥 선교사 '주현이'

류상선

나는 1990년도 2학기에 호신 1학년으로 입학하였다. 군대를 마치고 2학기에 입학을 하였기에 93년도에 4학년 1학기까지 마치고, 한 학기 휴학을 하고, 94년도 1학기에 1학년 1학기, 2학기에 4학년 2학기를 마치는 뒴틀 같은 학교생활을 하고 졸업하였다.

호신대에 입학하면서부터 90년도 통일운동과 민주정부수립투쟁, 그레그 주한미국대사의 광주 미문화원 방문반대 투쟁, 그리고 92년 총선과 대선을 정점으로 한 민주정부수립 투쟁 등... 다양한 투쟁에 우리 호신대도 함께 참여하였다. 하지만 호신대를 다니면서 가장 기억에 남는 것은 투쟁의 기억만은 아니다.

호신대를 다니면서 가장 기억에 남는 것이 두 가지 있다. 첫째는 승민이가 92년도 6월에 지방선거 연기 반대를 주장하며 서울 민자당 중앙당사를 점거농성 한 일이다. 작은 학교였고, 학생운동세력도 크지 않았던 호신대 학생이 그 투쟁에 함께 했을 것이라고는 아무도 생각하지 못한 상황에서 일어난 일이었다.

승민이는 그 일로 투옥되고 경찰과 안기부의 조사를 받았다. 구치소에 수감되고, 학교로 보내온 승민이의 사복을 몇 명 친구들이 승민이의 고향 집에 전달하러 가는 길에 많이 아팠던 기억이 있다. 결국 승민이는 법정구속보다 더 무서운 강제징집이 되었고, 무척 힘들게 군대 생활을 한 것으로 알고 있다. 승민이가 구치소에 있는 동안 류행렬 교수님은 제자가 구치소에서 힘들어 하는데, 집에 가서 편안히 잘 수 없다고 교수실에서 주무셨다는 이야기를 후에 들었다.

하지만 내 마음에 가장 아름다운 호신대 시절의 기억으로 남아 있는 것은 투쟁이 아니었다. 92년부터인가로 기억이 되는데, "까치밥"이라는 모임을 동아리 친구들끼리 결성하였다. 시골의 과실수에 수확 이후에도 한 두 개씩 남겨놓는 열매를 "까치밥"이라고 한다. 자연과 함께 살아가고자 하는 우리 조상들의 맑고 아름다운 마음을 그렇게 표현한 것이다.

호신에도 '까치밥' 모임이 있었다. 동아리 소속으로 교육전도사를 하던 친구들 대부분이 참여하였다. 자신들이 받은 교육전도사 사례비를 일단 다 모은다. 그리고 전체액수를 동일한 비용으로 서로 나누고, 그 중 일부는 동아리 운영비와 필요한 일에 공동으로 사용하는 정말 아름다운 모임이었다. 나는 그 당시 민중교회인 발산교회 전도사였는데, 교회에서 12만원을 받았고, 정확하게는 기억이 나지 않지만 낸 금액보다 더 많이 받아 갔었다. 15만 원 정도로 기억이 된다.

하지만 명기 등 몇몇 친구들은 20만원을 내고 15만원을 받아가기도 하고, 그 중 한 친구는 제일 많은 30만원을 내고 15만원을 받아가기고 한 것으로 기억한다. 그런 친구들의 헌신이 있어서 우리가 믿는 바를 구현하는 아름다운 모임이 가능할 수 있었다. 그리고 이 과정에서 지금은 하늘에 있는 우리의 친구 주현이가 등장한다.

당시 장애인선교를 하시는 홍기원 목사님이 "빛고을장애인공동체"를 지금의 광산구 신가동에 개척을 하셨다. (지금은 담양읍에 이 공동체가 자리하고 있다) 그 곳에서 교육전도사가 필요하다고 말씀하셨다. 그런데 사례비는 주실 형편이 안 된다고 하셨다. 이 이야기를 전해들은 까치밥 회원들은, 당시 까치밥 회장이었던 백명기 목사를 중심으로 논의하였다.

결론은 이렇다. 모은 까치밥 비용으로 빛고을장애인공동체 교육전도사를 우리가 파송하기로 결정하였다. 우리와 동일한 교육전도사 비용을 지불하는 것으로 하고... 결국 빛고을장애인공동체 교육전도사로 주현이를 결정하고, 주현이의 교육전도사 비용 15만원(정확하지 않음)은 까치밥에서 담당하기로 하였다. 그리고 주현이는 파송된 교회에서 목사님을 도와 장애인사역을 성실하게 감당하였다. 그 제안을 하였을 때 힘들 수 있는 사역지를 힘들기에 더욱 선뜻 선택한 주현이의 순수한 미소를 지금도 꺼내 기억할 수 있다.

젊은 우리들은 참 아름다웠다. 거칠었지만 순수하고 아름다웠다. 아름다웠기에 불의한 것에 더욱 거세게 분노할 수도 있었던 것 같다. 어떤 투쟁보다 나에게는 그 일이 가장 큰 운동의 기억으로 남아있다. 생활 속에서 펼친 운동이었기에 진심이 들어가지 않으면 할 수 없는 일이었다. 그래서 참 소중한 기억이다. 장신대원에 입학한 후에도 그 전통을 이어가, "현신"이라는 동아리에서 "까치밥"이라는 모임을 만들어서 동일하게 그 일을 진행하였다. 그때 까치밥 장학금을 받은 분 중에 한 분은 지금 장신대 교수님이 되어계신다.

주현이는 우리 까치밥 모임이 파송한 "까치밥 선교사"였다. 주현이의 이름을 생각하면 가장 강렬하게 떠오르는 아름답고 의로운 추억이다.

군 제대한 나를 갈문선으로 이끈 주현 형

문경돈 목사(91학번, 대전동산교회 부목사)

주현 형은 항상 웃는 형이었다. 군대를 제대하고, 신학도로서의 내 정체성을 고민하는 동시에 '동아리(갈문선)에 다시 복귀해야 하나' 하는 시답잖은 갈등 속에 있을 때였다. 나를 다시 갈문선에 안착하도록 마음을 열게 한 이가 바로 주현 형이었다.

제대 후, 갈문선의 문턱 언저리에서 기웃거리던 내게 주현 형은 기가 막힌 방법으로 나를 끌어당겼다. 요는 이랬다. 갈문선 동아리 방이 지하에 위치한 관계로 동아리 방에서 사용하던 이불을 말리고 털어야 하는데, "군대에서 막 모포를 털다 온 네가 나를 도와줘야 하지 않겠느냐?"는 꼬드김(?)이었다. "그렇지! 군대에서 갈고 닦은 모포 털이 신공을 내가 발휘해야지!"라는 묘한 사명감을 건드린 주현 형의 절묘한 포섭 작전에 나는 제대로 걸려든 것이다.

주현 형과 서너 채의 이불을 함께 본관 앞에서 신나게 턴 뒤, 주현 형은 "우리 출출한데 라면이나 먹자"라는 두 번째 미끼를 던졌고, 그 미끼를 덥석 문 나는 결국 갈문선에 다시 안착하게 되는 은혜(?)를 누리고야 말았다. 그 후로 주현 형과 지냈던 그리 길지 않았던 짧은 시간들은 호신에서의 좋은 추억들로 여전히 내 기억 한 편에 자리 잡고 있다.

어느 날인가… 성민 형(91학번)에게서 급한 연락이 왔다. 아마도 그 시절에 연락할 수 있었던 방법은 '삐삐'였던 것으로 기억한다. 어떤 방법이었는지 명확한 기억은 없다. 전화로 연결된 성민 형의 수화기 너머 음성은 떨리는 음성이었다. 그 내용은 주현 형이 기숙사에서 의식이 없어 기독병원으로 옮겼으나 사망 판정을 받았다는 내용이었다.

선 · 후배들이 번갈아가며 장례식장을 지키고 있는 중에 포항에서 주현 형의 가족들이 당도하셨다. 주현 형 부모님의 허탈함과 당혹감이 담긴, 자식을 잃은 그 절망의 눈빛을 아직도 잊을 수 없다. 발인 예배를 드리는 중, 장로의 직분이셨던 것으로 기억되는 주현 형 아버님은 "우리 주현이를 그동안 아껴주시고, 사랑해주신 교수님들과 선후배 동료 여러분께 감사를 드립니다. 마지막까지 함께 해 주셔서 감사합니다. 천국에 갔을 주현이를 생각하니 하나님께 감사합니다"라면서 연신 "감사하다"고 하셨다.

그 인사의 말씀은, 그곳에 모인 모든 이들의 마음을 더욱 아리게 만들기에 충분한, 이 땅의 언어로는 감히 표현할 수 없는, 가슴 저린 부정(父情)을 역설적으로 표현해 낸 것이라 생각했다. 자식을 잃은 부모의 그 고백을 신앙의 고백이라고만은 포장할 수 없었고, 그러고 싶지도 않았다. 항상 해맑게 웃던 주현 형을 그리 데려가신 하나님을 향한 원망 섞인 마음이었으리라.

창호 형님이 가셨다는 소식을 접하며, 한동안 잊고 지냈던 동아리 선 · 후배들에 대한 소식을 전해 듣게 되었다. 91학번 동기였던 미나에 대한 소식부터, 공임이 누나, 후배 청미의 소식까지 순식간에 전달된 그들에 대한 가슴 아픈 소식들로 한동안 여러 생각들이 많아질 수밖에 없었다. 그러면서 다시 그들과의 아련한 추억들을 다시 끄집어내어 기억해 보며, 나의 미안하고 아쉬운 마음을 다독여볼 수밖에 없었다.

순식간에 들어야 할 만한 가벼운 소식이 아니었다. 그럼에도 나는 순식간에 그들에 대한 소식을 듣고 또 나의 일상으로 돌아가 더 이상 그들을 기억하지 못하고 살아갔을 것이다. 그런데 감사하게도 선배들의 값진 노력으로 우리 일상에서 그들을 잊지 않고 기억하며 추억할 수 있는 추억문집을 제작하니 감사하고 다행스러운 일이 아닐 수 없다.

여기, 주현 형을 추억하는 짧은 글을 남긴다. 현재의 나보다 훨씬 맑게 빛났던 호신에서의 그 아름다운 시절을 나와 함께 해주었던 창호 형님과 공임이 누나 그리고 내 친구 미나와 후배 청미까지 모두 그립고, 감사하다.

고(故) 김미나, 손청미, 강공임

김미나(1972. 8~?)

손청미(1974. 7~?)

강공임(1971. ~ 2019. 6)

담백한 미나

- 이제야 미나를 보내며

박신희 교수(91, 조선간호대)

호신을 졸업하고 하루도 열심히 살지 않은 날은 없었다. 아마도 나뿐 아니라 그 날을 함께 했던 동기, 선후배들도 그랬을 것이다. 그런데 창호 선배의 하늘나라 여행이 고구마 줄기가 되었나? 바쁜 세상사에 허덕이던 나를 잠시 내려놓고, 누군가 꺼내 준 사진 한 장, 이야기 한 소절로 인해 잊힌 시간들과 잊힌 얼굴들이 오늘로 소환되는 것이 참 재미지고 새롭다. 젊었던 그 날들이 살아 돌아오는 듯하다. 마음을 두드리면서...

평생 혼자였던 창호선배의 하늘여행 만은 외롭지 않기를 바라는 동지들의 마음은 지구별 여행을 다한 이경로 목사님, 주현선배, 청미, 공임, 그리고 미나 등... 그리운 이들이 걸어가는 하늘 길에 다시 꽃을 피우고 있는 것 같다. 카톡을 읽을 때면 20대의 추억들이 때론 한 송이 꽃으로, 때론 한 몽우리로 꽃밭으로 그렇게 사방에서 피어나고 있다. 그리운 이름들이 아직도 하늘로 올라가는 중이라면 한 발 한 발 딛을 때마다, 이곳저곳에서 환하게 꽃들이 시원한 한 그릇 맑은 물이 되기를 바라는 마음이다.

첫째 아이와 둘째를 낳으며 두 번의 수술을 했다. 그리고 올해 2월에 또 하나의 수술을 거쳐서인지, 아니면 본시 기억력이 부족해서인지 모르겠는데, 나는 옛 기억이 참으로 흐리다. 급기야 어제는 같이 사는 상선 선배에게 "여보, 우리랑 종선 선배랑 미나는 왜 연락이 끊겨죠?"라고 물었다. 나에 비해 기억력이 상당히 우수한 상선 선배는 '공장' 동아리 사건을 얘기 했다. 우리와 뜻을 달리하며 새로운 동아리를 만들었던 종선 선배와 사랑하는 내 동생 미나, 명신이를 그 때 잃어버린 것 같다. 지금 생각하면 인생사에 "머시 중헌디"하는 이 진리를 그 때 알았더라면, 아마도 난 미나의 죽음을 종선 선배를 통해 직접 접했을 것 같다.

미나의 장례식에는 누가 있었을까? 갑자기 눈물이 난다. 가끔 미나가 생각날 때면 장례식에 함께 하지 못한 일이 내내 미안하고 종선 선배는 어찌 살고 있을까? 궁금해 오던 터이다. 그런데 "미나 이야기는 신희가 정리하면 되고" 주화의 이야기가 하늘 소리처럼 컸고 부담되었지만 반면 얼마나 고마웠는지 모른다. 미나의 장례식에 올리지 못한 국화꽃과 마지막 인사를 이제야 이 글과 함께 하늘 길에 보내려 한다. 젊었을 적, 우리의 거칠었던 단호함과 함께...

흐릿한 내 기억에 미나는 아래로 2~3명 여동생이 있는 집안의 큰 딸이었다. 정말 흐릿한 내 기억에 미나는 나와 혜정 언니의 꼬임으로 성실연에 들어왔다. 물론 선례도 선희도 매 한가지였다. 그러나 미나는 선례와 선희에 비해 애교나 미사어구가 없는 담백한 아이였다. 큰 목소리를 내며 크게 웃는 법도 거의 없고, 얼굴에 미소만 살짝 내보이는 그렇지만 결코 수줍음이 없는 단단한 아이였다. 작은 키에 피부는 검으스레하며 약간의 도시녀 같은 도도함이 묻어나는 새침데기 아이였다. 농선 후배 주리, 덕신이가 들어오기 전에는, 노래패를 할 때 유일하게 피아노 반주를 제대로 해 줄 수 있는 아이였다. 성격만큼이나 피아노 반주도 담백했던 걸로 기억한다.

미나의 아버지는 개인택시 운전을 하셨고, 부모님은 계림동 동광교회를 다니시던 신앙심이 좋으신 분들이셨다. 종선선배 아버지는 군인이셨던 걸로 기억되고, 종선선배 아버지의 병환 때문에 대학 3학년 22살의 어린 나이에 미나는 결혼했다. 종선선배를 향해 도둑놈이라 야단들이었지만, 꼬마신랑과 신부는 동아리 선·후배들의 축복을 받으며 동광교회 담임목사님 주례로 백년해로를 약속했다. 그렇게 가장 먼저 결혼의 길로 갔던 미나가 또 너무나 빨리 하늘로 그 거처를 옮기고 지금은 우리 곁에 없다.

신혼여행 다녀 온 후, 손가락에 금가락지를 끼고 있는 것을 제외하곤 결혼 전과 달라진 게 하나도 없어 보인 미나였다. 그러나 크게 달라진 것 한 가지는 있었다. 두 사람이 결혼하기 전 우리가 주로 모여 노는 곳은 용희 선배와 태헌 선배 자취방, 승민이 자취방 같은 곳들이었다. 이런 선배들의 자취방은 여인숙 수준이었다고 기억된다.

반면, 모텔 수준으로 업그레이드된 자취방도 있었다. 진영선배와

기중이 자취방이 그랬다. 그 곳에서 모이면 조금 클래스가 있게 놀았다. 그런데 신안동 전대정문 근방이었던 걸로 기억나는 미나의 2층 신혼집은 다른 자취방들에 비하면 그야말로 호텔급 수준이었다. 아마도 집들이 때였을까? 동아리 모임 때였을까? 정말 가물가물 흐린 기억 속에 미나랑 종선이 선배는 우리들에게 달걀 프라이로 아침을 대접했다. 내 눈은 휘둥그레졌다. 이니! 달걀을 뒤집지 않고 지져낸 프라이, 노른자는 맑고 투명하며 흰자는 새하얗게 살아있는 그렇지만 비리지 않은 정말 담백한 달걀 프라이였다. 내 생애 최고의 달걀 프라이, 미나는 달걀 프라이마저 담백하게 지져냈다.

이런 미나를 이제 볼 수 없다. 지구별의 여행도, 우리와의 이별도 장례식에 아무도 부르지 않을 만큼 자기 삶과 인연을 담백하게 정리했다. 손으로 만지고 눈으로 볼 수 없지만 이제는 미나의 영정 앞에 하얀 안개꽃 한 다발 놓아주고 싶다. 그리고 "김!미!나! 잘 있었어!" 라고 짧게 인사하고 싶다.

미나 어머니, 안부를 전합니다

이주화

미나와 종선이가 결혼한다고 했다. 사귀고 연애하는 게 아니라..? 내가 호신에 입학해서 놀랐던 건 학생들이 결혼을 너무 일찍 한다는 사실이었다. 목회를 준비하기 위해 안정된 가정생활쯤으로 이해하지만 미나 · 종선이의 경우는 그런 경우도 아니었다. 어쨌든 놀라움을 선사하고 둘이는 껌 딱지 짝꿍이 되었다.

***

미나 어머님.

저는 미나랑 아주 가까운 선후배 사이는 아니었답니다. 다만 인사 잘하고 말수가 많지 않던 미나로 기억합니다. 제가 오늘 어머니께 안부를 전할 수 있는 것은 결혼식 때 어머님의 모습을 너무 선명하고 인상적으로 기억해서 그런가봅니다.

결혼식 때 저는 위에서 식을 바라봤습니다. 미나보다 조금 키가 크지만 누가 봐도 미나 가족일 수밖에 없는 어머니를 뵈었지요. 앉아있는 내내 안절부절 하시며 연신 눈물을 닦아내던 어머니를 뚜렷이 기억합니다. 신부대기실에서 미나도 앉지 못하고 안절부절못하였습니다. 그 모습을 보고 내가 말했습니다.

“미나야, 오늘 내내 넌 서 있는 시간이 많을 거야. 앉아있어라”
“네, 선배님…”

그런 대화도 있었지요. 어머님, 어린 딸을 못 말리고 부모라서 자식을 이기지 않고 보내셨을 겁니다. 지금 저희 나이가 그때의 어머니 나이보다 훨씬 많아서 느낌이 좀 더 나가옵니다. 아직도 우리 사회가 아내, 며느리, 엄마가 짊어질 것들이 많은데 그땐 더 그랬잖아요.

그렇게 아깝고 더 품고 있어야 할 딸을 보내신 아쉬운 심정을 절절히 알 수 있네요. 그런데 미나가 하늘나라로 갔다는 사실을 알게 되었는데 그때 그렇게 결혼식 때 어머니의 모습이 떠오르더군요. 일찍 하늘나라 가야해서 인생을 재촉했을까요? 그 이후로 어머니 삶의 회복이 어땠을 줄 짐작 갑니다. 가슴에 묻었다 싶으면 다시 제자리로..그 반복이었을 법 합니다. 저도 앞서간 제 형제가 있어서 어머니들의 삶이 어떤 건 줄 압니다. 그 고통은 약이 없는 통증 일겁니다.

미나를 떠올리다가 농활 때 경운기에서 넘어진 일도 생각났어요. 넘어져서 마을 주민 댁에 왔는데 자꾸 정신없는 모습을 종선이 오기 전까지 제가 지켜봤습니다. 새 신부에게 일날까봐 마음이 까맣게 타들어갔던 그 생각이 납니다. 그런 어려움이 잘 지나가서 미나에게 어려움이 없을 줄 알았어요.

어머님.

학창시절 함께 했던 친구와 선후배들에게도 알리진 못한 장례 치르느라 또 얼마나 고통스러우셨을까요? 한 몇 년 동안은 어서 시간이 지나가기만 바래야하는 그런 일이었을 겁니다.

어머니.

부모를 앞서 간 자식은 불효한 겁니다. 그래서 그 자식의 마음은 죄스럽고 어찌할 수 없는 길을 떠났을 겁니다. 그런 동료들을 생각하며 안타깝지만 함께 추모하는 마음을 모아본답니다.

먼저 간 미나가 많은 것을 잊을 수 있도록 건강하시고 잘 지내십시오. 추모하고 기리는 고운 마음들은 힘을 얻겠습니다.

어머니.

평안하세요.

미나 농활 데려가려고

서혜정

91년도 신학교에 늦깎이로 입학하였다. 진짜 신입생들과 학교생활을 시작했다. 신입생을 각각의 동아리로 포섭하기 위해 선배들은 부지런히 작업을 했다. 그 덕분에 똘똘하고 야무진 91학번 신입생들이 많이 들어왔다.

난 성실연으로 가려고 했지만 선배들이 조직적으로다 회의하고 결정해서 농선으로 들어갔다. 91년도 강경대 열사의 죽음으로 여러 대학생과 고등학생, 노동자, 일반 시민에 이르기까지 분신자살로 투쟁적인 삶을 표출했다.

갓 입학한 새내기들은 낭만적인 대학생활을 즐기지 못하고 도청 앞으로 집결했다. 우리도 방과 후에 손수건에 파스 부치고 나갔다. 각 가정들에서는 부모님들이 데모하러 가는 낌새를 채시고 감시의 눈동자를 번뜩이면서 "요새 뭐하고 다니냐?" 추궁을 하셨다.

말수가 적었던 미나는 엄마가 추궁을 하시자 거짓말 하지 않고 당당하게 얘기했다.

"엄마는 엄마 딸이 의문사를 당했는데 다른 아이들이 공부나 하러 가면 좋겠어?"

교회 집사님이었던 미나 어머니가 얼마나 놀라셨을까?

미나는 "농활을 가려는데 부모님이 허락은 안 해 주신다"고 내게 상의를 했다. 나는 미나 집에 전화를 했다.

"안녕하세요. 미나 어머니, 저는 여학생회 회장인데요. 저희가 농촌 교회에 주일학교에 여름성경학교 봉사를 가기로 했는데 미나가 반주를 해야 합니다. 반주자가 미나 밖에 없어서 허락해 주시면 은혜롭게 여름성경 학교를 진행할 수 있을 것 같습니다."

나와 미나의 작당으로 미나는 여름농활을 가게 되었다. 물론 우리 집에도 똑같이 거짓말해서 합법적으로 일주일간의 농활을 떠났다.

미나는 참 밝고 순수했던 아이였다. 내 가슴 속 미나는 언제나 소녀 같은 이미지로 기억하고 있다. 종선이와 결혼하면서 어쩔 수 없이 멀어졌지만 가끔 도서관에서 종선이 수업 마치기를 기다리던 미나와 간단한 인사를 나누기도 했다.

내가 사랑한 친구, 손청미

고혜정(93, 입양가정상담사)

나는 지금도 청미가 어디에선가 살고 있을 거 같다. 청미가 하늘나라 갔다는 소식도 한참 후에나 들었고 그 친구의 장례식도 가보지 못했기에.......

청미는 몇 안 되는 93학번 중 갈문선 동기였다. 그는 '나비'를 떠오르게 하는 애였다. 청미가 장구를 치는 모습을 생각해도 그렇고......사뿐사뿐 날듯이 장구채를 두드렸고 장구를 어깨에 메고 가볍게 걷는 모습도 그렇다.

청미는 목포에서 학교를 다녔다. 그러다 보니 1학년 때는 수업시간에 늦을 때가 있었다. 지금도 생각나는 초록색 가방을 너무도 가볍게 메고 달랑거리면서 당당하게 강의실에 들어왔다.

그 정도로 청미는 진지함과는 거리가 좀 멀었다. 나는 수업 때 늦으면 고개를 숙이고 엎드린 자세로 들어 왔다. 나는 청미의 그 뻔뻔함과 가벼움이 조금은 부러웠다.

학습 때도 본인의 분량을 해 오지 못해도 자신 있고 떳떳했다. 그래도 농활 가서는 보기와 다르게 엄청 열심히 모심기를 하였다.

학교에서도 신학과 사람들과는 물론이고 교음과 사람들과도 아는 사람들이 많았다. 아마도 청미가 편하게 이야기하고 쉽게 어울려서 그랬던 거 같다.

25살 결혼도 하기 전에 부르심을 받았다. 청미 어머니는 젊디젊은 딸이라 조용히 장례를 치르셨다. 나도 몰라서도 못 갔고
결혼하고 큰아이가 어리고 너무 멀리 있어서 장례식에 가지를 못했다. 30년이 지난 지금도 못내 그게 맺혀있다.

지금에서야 하고 싶은 말은 "청미야 너무 미안해~
너를 그렇게 보내서 넌 아직도 내 마음에 남아있어~"

다시 한 번 20살 그때로 돌아간다면 그 친구와 좀 더 깊은
이야기를 나누고 아름다운 벤치에 앉아 노래를 부르고 싶다.

일기장에서 찾은 청미 흔적들

김경숙(92, 고용노동부/직업상담사)

추모 글의 대상들을 떠올리니 창호 선배, 주현 선배, 청미 모두 갈문선 가족이네요. 까마귀 고기를 먹지도 않았는데 대학 4년의 기억 중 제대로 된 기억은 없습니다. 그냥 후배들 살뜰히 아꼈던 창호 선배 주현 선배의 환히 웃는 모습만이 떠올라 자세히 기억하는 선배님들이 새삼 대단하게 여겨졌습니다. 다행히 부실하지만 간간히 쓴 94년도의 일기장에서 자전거 하이킹 날의 기록과 청미에 대한 글들이 종종 있어서 아쉽게나마 함께 나눕니다.

94년 3월 어느 날

'후배 청미'
서툰 게 많은 아이
사랑을 많이 주어야 할 아이
참는 것, 인내하는 것, 지켜보는 것을 배워야 하는 아이
내가 많이 사랑해 주지 못한 아이
마음을 터놓고 많은 이야기를 나누고픈 아이
하지만 아직은 '통하지' 않는 아이...

청미야, 사랑해!!

94년 3월 24일

아침 경건회를 마치고 동아리방에 모여 앉아 있을 때 청미와 순덕 언니가 들어왔다.

'영'이라는 새내기를 동반하고~

청미의 노력으로 동아리방으로 이끈 아이이다. 정말 착하고 순해 보이는 아이였다.

청미가 이제 선배로구나 하는 생각이 들었다. 예쁜 후배들이 많이 들어와서 청미를 더 신나게 활기 있게 해주었으면 좋겠다. 이제는 선배로서 청미의 자리를 만들어 주어야지.

94년 5월 5일

신나는 어린이날, 아이들이 슬프게도 날씨는 비바람을 동반했다. 우리의 계획된 자전거 하이킹은 궂은 날씨에도 단행했다. 복잡한 도심을 벗어나 펼쳐지는 자연의 품으로 자전거를 달려 뛰어들었다.

늦은 출발로 점심이 지연되었고, 망월동이 가까워 올 무렵 성실연 일행을 만났다.

우린 망월동에 도착하여(13:02) 문희 언니와 청미가 자취방에서 새벽 3시까지 준비한 40개의 김밥을 모두가 배불리 먹었다. 묘역을 참배하고 예쁜 진달래 옆에서 사진도 찍고 주차장의 흰 선을 이용해 족구도 한 게임 했다.

2시를 넘어 목적지인 창평을 접어두고 광주댐으로 향했다. 퍼붓는 비바람에 아랑곳하지 않고 광주댐의 시원함을 한껏 만끽했다. 그리고 무등산 전망대를 향해 돌진.

나무들이 어깨동무하고 덩실덩실 춤을 추듯 하는 모습이 아름다웠다.

내리막길의 짜릿함. 오르막길의 힘듦. 자전거를 질질 끌며 무거워진 걸음에도 초코파이를 간식 삼아 사탕을 양념 삼아 우리의 마음은 즐겁기만 했다. 약간의 불평과 투정들도 있었지만 그것 또한 어여삐 보였다. 멀고 먼 여정의 막을 내릴 때 오늘 하루를 잊지 않으리라 다짐했다. 그 밝은 미소와 마음들을, 갈·문·선 식구들을.

호신대 90학번 1번 강공임

정순덕

1990년 호신대를 입학하고 강의실에서 첫 강의 시간에 교수님이 출석을 불렀다. "1번 강공임!"하자, 손을 번쩍 들며 "네, 헤헤" 하고 대답하던 발랄하고 웃음이 많은 아이가 바로 공임이다.

공임이는 붙임성이 많아 동아리뿐만 아니라 90학번에서도 인기가 많은 아이였다. 나는 공임이가 연희랑 친해지고 연희는 나와는 고등학교 동창이여서 친하고 그래서 셋은 자연스럽게 친하게 지냈다.

몇 달을 지내다가 호칭에 문제가 생겼다. 그때 그건 우리만의 문제는 아니었다. 공임이는 71년생 연희도 71년생, 나는 70년생이다. 공임이와 연희는 71년생이라 말을 놓기로 했고 나와 연희는 고등학교 친구라 말을 놓고 있었다.

그런데 어느 날 공임이가 "순덕아"하는 거였다. 순간 당황했는데 '그럴 수도 있겠구나!' 싶어 공임이와 이야기 하며 호칭을 정리하고 공임이는 그때부터 나를 '언니'라고 불렀다.

공임이는 낙천적이면서 긍정적인 아이였다. 그래서 우리 세 명은 잘 어울러 다니며 1학년과 2학년을 재미있게 지냈다. 공임이는 성실연(성서와실친연구회)에서 나보다 더 적극적으로 동아리활동을 하였다. 어디든지 마다하지 않고 다녔던 열정 있는 아이었다. 또한 힘이 들 때는 울기도하지만 금세 "괜찮아"하는 아이였다. 2학년 3월이나 4월이었을 거다. 연희, 나 원근 셋이서 순창 공임이 집에 간 적이 있다. 공임이 집은 일반 시골집이고 특이하게 담이 없던 기억이 난다.

어머니는 조금 연세가 있으셨고 친구들이 왔다고 반겨주셨다. 삯바느질도 하신 걸로 기억한다. 저녁에 소박한 시골밥상을 받았다. 원근은 무안 집으로 가고 연희와 나는 같이 하룻밤을 지냈다. 그날 무슨 이야기를 했는지 기억은 안 나지만 밤새 이야기를 나눴다.

아침에 공임이가 김치볶음밥을 만들어 줬다. 진짜 김치하고 밥만 있었다. 그래도 참 맛있었다. 공임이 집에 다녀와서 '공임이는 참 대단하구나!'라는 생각이 들었다. 담도 없는 시골 흙집에 어머니와 단둘이 살고(언니, 오빠도 있음) 이런 모습을 친구들에게 보이기 쉽지 않을 텐데 아무런 거리낌이 없었다. 그것이 공임이의 매력이 아닌가 싶다.

지금 생각해 보면 공임이는 힘들었을 때도, 울고 싶을 때도, 고민이 많을 때도 있었을 텐데 우리들에게는 잘 이야기하지 않았다. 그저 밝은 모습만 보여줬다. 그런 공임이..... 그저 마음이 아린다.

그래서일까? 공임이가 아파서 조대병원에 있다는 이야기를 연희에게 듣고 '한 번은 가봐야겠다'고 생각하였다. 하지만 끝내 가보지 못하고 장례식장에서 공임이를 보내야 하였다. 영정사진은 우리가 기억하는 "헤헤" 웃던 공임이었다. 가슴이 울컥했다. 나는 서울에 오래 있어서 공임이와 교류가 없었다. 장례식장이 가보니 연희, 주리뿐이었다. 그래도 공임이 남편과 아들 2명을 만나니 위로가 됐다. 한 명은 군 복무 중이었고 한 명은 산기대(한국공학대학교) 다닌다고 했는데 모두 착하게 보였다.

내 기억 속의 공임이는 착하고 밝고 긍정적인 아이, 그리고 자기의 환경에서 최선을 다하는 아이, 보면 기분이 좋아지는 아이였다.

이제 공임이 아이들이 세상에서 잘 살아가길, 행복해지길 기도해 봅니다.

친구 공임이를 보내고

이연희(90, 초등영어과외강사)

“사춘기 때는 굴러가는 낙엽만 봐도 웃는다”는 말이 있다. 1990년 여름, 순수하고 명랑하고 높은 톤의 목소리를 가진, 또 웃음기와 장난기 가득한 순창출신 예쁜 소녀를 만났다.

강공임.

성실연(성서와실천연구회)이 ‘운동하는 동아리’라고 해서 테니스나 탁구 같은 운동 동아리인 줄 알고 가입했다고 했다~~^^

순덕이와 나, 공임이는 그렇게 만나서 꿈 많은 대학교 1학년을 활기차게 보냈다. 대학교 1학년 우리는 점심을 먹지 않고 싸돌아 댕겼다. 그러자 남자 선배님들이 노가대로 벌어온 돈으로 “우리 후배들 배는 곯지 않게 한다”고 식권을 사서 우리를 챙겨주곤 했다.

지금 생각하면 내가 민주화나 하나님 나라를 이루기 위해 열심히 활동한 게 아니라 선배님들이 챙겨주고 친구들이 좋아서 그냥 따라다녔던 거 같다~~^^

공임이는 성실연에서 농활, 엠티, 데모 학습 등 활발히 하다가 대학교 1학년 말에 우리 동아리에서 탈퇴하고 학과 공부를 열심히 하였다. 그래서 기문협 활동하느라 정신없는 나에게 시험 준비에 도움을 준 덕분에 나는 무사히 졸업할 수 있었다~~^^

공임이는 멋진 아들 둘을 낳고 46세에 혈압으로 쓰러졌다. 하지만 뇌 중앙부분에 피가 고여 수술할 수가 없었다. 그 이후로 병상에서 삼 년을 지내다가 고인이 되었다.

길지 않은 동아리 활동이었다. 하지만 90년 그 당시 민주화 운동에 한자리를 차지해 주었던 나의 사랑하는 친구를 먼저 보낸다.

공임이랑 함께 성실연 활동을 한 나날

정병진

공임이는 나랑 90학번 동기이고 성실연(성서와실천연구회) 활동을 같이 하였다. 하지만 아쉽게도 공임이에 대한 뚜렷한 기억은 별로 없다. 순창 출신이라는 거, 성실연 1~3학년 초기까지 함께 학습하고 활동하던 아련한 기억이 전부다. 성실연 90학번 여학우 중에는 공임이와 한숙이 누나가 전부였다.

나는 주로 종선 형, 대석이와 어울렸다. 내 기억으론 공임이와 한숙이 누나가 같은 동아리 같은 학번 여학우라고 특별히 가깝게 지냈던 거 같진 않다. 나이 차이가 있어 그랬는지 아니면 공임이와 한숙 누나의 코드가 잘 안 맞았는지는 모르겠다. 내가 알기로 공임이는 주로 갈문선 순덕, 연희 누나와 어울렸고, 그를 챙긴 건 선민 형이나 상선 형, 승민 형 같은 선배들이었다.

공임이는 1학년 말 동아리 탈퇴 선언을 하였다. 그런 뒤 2학년 초 다시 활동을 재개해 3학년 초반까지 함께 했던 거 같다. 왜 그랬는지는 잘 모르겠으나 공임이는 성실연에서 좀 겉도는 경향이 있었던 걸로 기억한다. 하지만 함께 모꼬지와 농활도 갔고 1~3년 초까지는 나름 열심히 활동하는 편에 속하였다.

내 일기장을 보면 1991년 봄 새내기를 동아리로 끌어 들이고자 함께 노력했던 흔적이 있다. 가령 3월 12일 점심때는 상선, 종선, 나, 승민, 한숙, 공임, 세희가 함께 식사했다고 나온다. 또 그날 저녁에는 성실연에 들어오고자 하는 미나, 선례, 선희 등과 이야기를 함께 나눴다.

그런 뒤 저녁밥은 대석이 자취방에서 대석, 공임, 상선, 종선, 선민이 함께 먹었다고 쓰여 있다. 말하자면 하루 종일 새내기들을 성실연에 들어오게 하려고 힘쓰다가 저녁밥을 함께 먹으며 평가를 하고 다음날 계획을 세웠던 거다.

3월 25일에는 새내기 선례 생일 축하 겸 새내기 환영회를 소태동 용희-선민 형의 자취방에서 하였다. 우리는 쌀과 반찬을 준비해 점심을 해 먹고 '부활의 노래'라는 영화를 함께 보았다. 이날은 공임이를 비롯해 새내기들까지 16명이 함께 참석하였다.

영화는 '들불야학'을 함께 만들어 활동한 윤상원 열사와 박귀순 열사, 박관현 열사의 삶을 다룬 내용이었던 걸로 기억한다. 잊을 수 없는 명대사 중 하나는 "역사가 병들어 비틀거리며 흔들릴 때 누군가 십자가를 대신져야 한다!"는 말이었다. 우린 그 영화를 본 뒤 망월묘역에 가서 5.18 당시 돌아가신 열사들을 찾아뵈었다.

1992년, 그러니까 내가 3학년 때의 일기에서 공임이는 두 차례 나온다. 4월 21일, 오랜만에 90학번 학습을 승민 형 자취방에서 하였는데 그 자리에 공임이가 한숙 누나와 함께 참석했다. 하지만 승민 형이 이끄는 학습이 별로 흥미가 없었던지 모두 '어서 끝내기'를 바라는 눈치였다고 나온다.

이튿날에는 승민 형 자취방에서 승민 형과 공임이, 나 이렇게 셋이서 성실연 모꼬지 자료집을 만들었다는 기록이 있다. 그 뒤에는 공임이 이름은 더 이상 등장하지 않는다. 연희 누나에게 듣자하니 공임이가 주화 누나에게 한 번 크게 꾸지람을 들은 뒤 더 이상 동아리 활동을 하지 않았다고 한다.

마당극인가 뭔가를 준비할 무렵인데 공임이 연희, 두 사람이 어디론가 사라져 행사 준비에 차질을 겪자 나중에 주화 누나가 공임이를 만나 포화를 날렸다는 거다. (그런 일이 있었다는 사실을 나는 최근까지 전혀 몰랐다.) 하지만 주화 누나의 해명에 따르면 당시 주화 누나는 전체를 향해 잘 좀 하자고 호통을 친 거고 공임이는 대화 자체를 거부했다고 한다.

졸업한 뒤 공임이는 학습지 교사, 학원 강사, 아파트 관리사무소 등에서 일하다가 조선호 선배님(광주전남기독교사회원동연합 사무국장을 비롯해 기독교사회운동에 오래 헌신하신 분)이 하시던 새터민 관련 일을 약 2년간 하였다고 한다. 조 선배님은 공임이를 어렴풋이 기억은 하지만 깊은 대화를 나눈 적은 없었던 거 같다. 뚜렷한 기억은 없다고 하였다.

탈북한 새터민은 하나원을 거쳐 전국 주요 도시에 흩어져 살아간다. 공임이가 일하던 곳은 그들을 돌보고 지원하는 기관이었다. 공임이가 이런 기관에서 일한 걸 보면 학창시절 동아리 활동이 어느 정도 영향을 끼치지 않았을까 싶다.

공임이는 뇌출혈로 쓰러져 투병생활을 하다가 끝내 먼저 떠났다. 너무 짤막한 삶이었다. 나는 그 소식조차 모르다가 몇 년 뒤에야 들었다. 공임이가 선후배들과 연락이 거의 끊긴 게 아쉽다. 나자렛이 잘 모이고 그랬다면 어쩌면 공임이도 함께 할 수 있었을 텐데 애석한 일이다.

대학시절 성실연에서 더 나은 세상을 위해 나름 열심히 함께 학습하고 투쟁하였던 동기 공임이를 기억하며 늦게나마 그의 너무 이른 죽음에 애도를 표한다. 같은 학번 동아리 소중한 친구였는데 그동안 내가 너무 무심하였다. 아울러 인생의 어느 길목에서 멀어진 친구들을 돌아봐야겠다는 생각을 해 본다.

병문안

이명석(故 강공임 아들)

복도에 계시는 다른 환자 분들을 보며 병실 앞에 있는 이름들과 호수를 살피고 병실에 들어간다. 민저는 간병인 아주머니께서 반갑게 맞이해주신다.

"명석이 왔어~? 오랜만이네~"
"네 어제 밤에 내려왔어요. 엄마는 잘 있어요?"
"잘 있지. 아이고, 명석이 왔네~"

누워있는 엄마에게 간병인 아주머니가 내가 왔다는 소식을 말 해주고 있지만 엄마는 아는 듯 모르는 듯 일어날 수 없는 몸으로 누워 계신다.

"엄마~ 명석이 왔어요"

엄마에게 얼굴을 비추며 인사를 하면 세상 누구와도 비교할 수 없는 웃음을 지으며 잘 움직여지지도 않는 손을 막 흔들며 반갑게 인사해 준다. 재활치료를 하고 있고 이전에도 재활운동을 잘하고 있는지 물어본 적이 있어서 다른 말을 하지 않아도 팔을 주무르면 주무른 팔을 온 힘을 다 해 움직인다. 또, 다리를 주무르면 온 힘을 다 해 다리를 움직인다.

엄마에게 그동안 어떻게 지냈는지 무슨 일이 있었는지 한참을 이야기하다 "사랑한다"는 말을 하면 너무나 행복한 미소를 지어준다. 그렇게 이야기를 하고 이전에는 바빠서 익숙하고 당연하다 생각해서 하지 못했던 말들을 하면 갈 시간이 되어 엄마에게 간다고 인사를 한다.

그렇게 "간다"고 인사를 하면 아쉽지만 아들의 발걸음이 무겁지 않도록 밝게 웃어주며 또 다시 아들의 얼굴이 보이지 않을 때까지 손을 흔들고 있다. 아들이 정말 갔는지 가지 않은지도 모르는 채.

엄마에 대한 에피소드를 쓰려고 같이한 추억들이 뭐가 있는지 곰곰이 생각을 해봤다. 엄마와 함께 한 많은 일이 있었지만 그 모든 일들의 중심에는 엄마가 없었다.

엄마와의 약속보다는 친구들과의 약속을 잡기 바빴고 엄마와 많은 이야기를 나누기보다는 나의 취미 생활과 게임을 하기에 바빴다. 엄마가 아프고 나서 익숙함과 당연함이 사라지고 소중함이 다가왔을 때는 너무 늦었던 것 같다.

더 하지 못해 아쉬운 한 마디로 마무리를 하려고 한다.

엄마, 감사해요. 사랑해요.

여수상록수밴드 리더 김디도님이 만든 악보

최태용 선교사가 직접 그린 악보

벗들과 함께했던 순간들

1988년 갈문선 지리산 모꼬지. 이 사진을 김창호 목사가 촬영함.

1988년 갈문선 풍물 연습, 앞줄 맨 왼쪽 징잡이가 주현, 오른쪽 상쇠가 창호

EYC 청년들과 풍물 연습 중인 김창호, 오른쪽에서 두 번째

1991년 성실연 모꼬지(첫줄 왼쪽 첫 번째 미나, 세 번째가 공임)

1991년 세 동아리가 우주 형네 집에 모여 찍은 사진

1991년 5월, 민중노래 발표회를 마치고

1992년 장성 백운교회로 간 농선 모꼬지

1994년 4월 24일 정읍 동학유적지 답사에서..맨 오른쪽이 주현

1994년 5월 13일 세 동아리 연합 담양 추월산 등산, 앞줄 오른쪽에서 두 번째 위은희 뒤쪽이 손청미

1996년 2월 졸업, 가운데 뒷줄 회열과 석진 중앙이 창호

2015년 2월, 최태용 목사가 우간다 선교사로 가기 직전 장성에서
송별차 모였을 때 김창호 목사

고(故) 김창호 목사 장례식(2022. 7. 9)

그때 우리는

발행 | 2022년 9월 2일

저 자 | 강성열, 고혜정, 김경숙, 김선민, 김승민, 김용석, 김종옥, 김주섭, 김주열, 김준희, 김창호, 김태헌, 류상선, 류성환, 류요한, 류행열, 명훈, 문경돈, 박신희, 박일남, 박장수, 박진영, 백명기, 서동욱, 서혜정, 양영주, 오석희, 이명석, 이성정, 이연희, 이옥란, 이원근, 이정훈, 이주화, 전영미, 정병진, 정순덕, 정영석, 정회열, 조용희, 최태용, 하동안

펴낸이 | 한건희
펴낸곳 | 주식회사 부크크
출판사등록 | 2014.07.15.(제2014-16호)

주 소 | 서울특별시 금천구 가산디지털1로 119 SK트윈타워 A동 305호
전 화 | 1670-8316
이메일 | info@bookk.co.kr
ISBN | 979-11-372-9386-1
www.bookk.co.kr

ⓒ 그때 우리는 2022

본 책은 저작자의 지적 재산으로서 무단 전재와 복제를 금합니다.